LOCUS

LOCUS

LOCUS

LOCUS

to

fiction

To 31
花間迷情
Bewitching Love
作者：李昂
責任編輯：林毓瑜
美術編輯：謝富智
法律顧問：全理法律事務所董安丹律師
出版者：大塊文化出版股份有限公司
台北市105南京東路四段25號11樓
www.locuspublishing.com
讀者服務專線：0800-006689
TEL：(02) 87123898　FAX：(02) 87123897
郵撥帳號：18955675　戶名：大塊文化出版股份有限公司

總經銷：大和書報圖書股份有限公司
地址：台北縣五股工業區五工五路2號
TEL：(02) 89902588　FAX：(02) 22901628
排版：天翼電腦排版印刷有限公司　製版：瑞豐實業股份有限公司
初版一刷：2005 年3 月

定價：新台幣 250 元
Printed in Taiwan

Bewitching Love
花間迷情

李昂 著

獻給所有在暗夜哭泣的女子

目次

自序
女色雙身

這本書的寫作於我是一個全新的經驗與嘗試。

首先，在開始寫作，即知曉要改編成電影。過往我的小說被改編成影像，不管是電影、電視，我並不參與。可是這一次，我決定自己寫電影劇本。

第一個媒介仍是小說，但接下來要改寫電影劇本，等於是雙重的創作，而且限於拍片的時間，得密集的集中完成。我於是給自己作了這樣的區分：

簡單的講，小說能充份發揮心理、感官的描繪，而電影的影像故事是其重點。那麼，就分別從這兩種媒介的特色著手，小說與電影的內容因而會有所變化、不同，但這也是創作樂趣的所在吧！

寫作形式於我是一種新的嘗試，題材亦有所跨越。這小說/電影一開始即著眼不只是關於女同志，而是關於女人。在女性光譜中不同的女人，這光譜可以涵蓋從異性戀到酷兒，我不一定有能力能全部觸及，但在這小說/電影，寫這女性光譜中不同的女人，寫男人不在場時，女人對自身的性、愛、身體與自我的追尋，交纏的愛與慾、幻滅與希望……

從十八歲寫〈有曲線的娃娃〉，及其後作品，這是許久以來我一直想要寫的題材。作爲一個女作家，這一向寫的又都是關於女性，更有一種終極挑戰的意味。但礙於不少對性別議題「政治正確」的迷思，一直不敢動手，直到這回由於與電影的結合，方敢於開始。

於我，的確是一種新的嘗試。

小說會先出版，當然如我一貫寫的小說可作單獨的閱讀，但隨著電影劇本／電影隨後的完成，交叉的文本閱讀，產生的互文關係，相信會是可以有的另一種方式。

期待於我長達數十年的創作生涯中，一些新的改變帶來新的面相與視野。

由於對小說中有些題材的不熟悉，寫作期間受到許多朋友的協助，在此不一一具名，但致上最深的感謝。

而她們的故事，仍會是我繼續書寫的目標。

李昂　於二〇〇五年 春

序曲

她說她要爲她們寫一個故事，一個故事中的故事。

（我的記憶，我對妳們的記憶；妳們自己的記憶。

在記憶中，我們一起行經愛、性與覆亡。）

故事先有人寫過了，也許用文字用圖說用影像，或者還有別的，寫在風中之音水中之波光中之影空中之塵火中之焰，又或者，銘刻在石塊，從最堅硬的花崗岩到質軟的砂岩。

或在已然破碎的心裏再因刻記留下更多的傷殘，每一筆或都持長不斷的從左心室直切割到右心房，每一劃都從動脈切割到靜脈，每一點每一劃都刺穿過心血管瓣膜讓鮮紅的血逆流……

（果眞是一顆千瘡百孔血淋淋的心。

我的心？我們的心？我們許多人的心？）

她說她要寫一個故事，一個故事中的故事。

故事先有人寫過了。

（可是我們所有的人都相信我們的故事永恆。）

我們的故事

我愛上一個女人。她說。在她令我第一次哭泣的三個多月後，我告訴她，有個故事，一千零一夜——雖然我們的故事不可能長達一千零一夜，至少過了一百零一夜。然之後的每一天，都可能是結束的一天。

所以她要告訴她關於那著名的一千零一夜，那永恆的經典故事：被妻子背叛的大公，以每日殺一個女人來作爲對女人的報復與懲罰。

（從來沒有人問過那大公的忠貞。可是這不是我們關心的。）

在我們的故事裏。她說。角色完全對換：妳是那個說故事給大公聽，讓他不再殺女人的大臣女兒，雪赫拉沙德。然我不必然是那大公。

我實在著迷於妳的故事和妳說故事的方式。

我不免要問：

當雪赫拉沙德說故事的時候，難道一旁傾聽的沒有其他人，其他女人？不會有妻子，因著她已因不貞被殺。不會有嬪妃，因著她們一個一個見不到日出的陽光。不會有來接受「寵幸」的平民女子，她們更容易被用完即丟棄。

但總有必得服侍在一旁的女人，那爲大公添酒送菜、打扇送涼、甚且爲大公寬衣解帶送入帳帷……

她們同樣在一旁傾聽。

在這一場要滅絕女人的大屠殺裏（總有一天輪到妳），雪赫拉沙德每說完一夜的故事，於在場的女人們，也才有多一天存活的機會。雪赫拉沙德無疑是她們的救星。

她們便會和大公聽到同樣驚心動魄的故事。如若她們不曾在辛巴達奇幻的旅程裏知覺到勇氣，在阿里巴巴和四十大盜裏學習到智慧，在阿拉丁的神燈裏學習到決心。

我們一直在聽一千零一夜的故事，始自我們童小時的床邊故事，但我們不曾特別留意到，說故事的不僅是一個女人，而且，這還可以是一個女人給女人說的故事。

爲了避免一整個女性族群的滅絕，一個女人特別說給女人聽的故事。

然也因而在我們的心中引發了所有的風暴。

我們不再只身處隔絕的深宮。

而雪赫拉沙德成爲那「一個女人」。

一個說故事者，勝過那大公，是聚焦的所在。

（之於我，妳就是那個雪赫拉沙德?!）

而如果這天明的殺戮一定必然還存在：

那麼，被殺的會是誰？

是那大公嗎？

（這是太過容易的回答。）

那麼，是誰？是那大公身邊服侍的女人們嗎？

或者，會是我嗎？

終有一天，當大公盡除，是我，傾聽妳說的故事，是我，忘掉了該學習到的智慧、勇氣和決心。

是我，雪赫拉沙德，被殺掉的是我。

（爲妳的故事所誘引，且天明時分必得自妳的身體下離去。）

首章　安雅

她在那個夏天裏，開始問自己是否愛上一個女人。
她的第一次。
（或者她以爲的第一次。）

1

林雲淵坐在「振宇華廈」二十三樓的客廳，斜斜望過去，正是那新近落成的「台北一〇一」大樓。

位處信義計劃區，首善之都的台北在開發這臨近盆地邊緣的最後新地標時，正值島嶼藉加工成就「經濟奇蹟」累積了二、三十年財富後。

一切因而要與世界同步，甚且還要能超越。在島嶼位處歐亞板塊碰撞的地震帶，在太平洋每年都有超強颱風來襲，蓋一座世界最高大樓，對暴發的島嶼居民，也可以是一種夢想。

然蓋這樣一座世界最高大樓畢竟曠日廢時，大樓完工啓用，島嶼經濟隨著台灣海峽對岸中國的強大發展，優勢不再。不僅傳統加工業幾乎全數轉移、大量的資金也流向對岸。

超高世界第一高樓使用率只達三分之一。

林雲淵坐在「振宇華廈」二十三樓的自家客廳，斜斜望過去，便只有那新近落成的「台北一〇一」大樓疏疏落落的燈光。所幸島嶼高產值的電子業，仍維持基本上的榮景。

屋內的派對正要開始，是林雲淵的小情人Herman的生日，客人大都是Herman的朋友。

任職外商電腦公司的Herman是個「中留學生」，初中方被送到美國就讀，中文自然表達能力很好，一手繁體中文字，也能不靠電腦即寫成，更讓台灣在地長大的朋友稱奇。

過三十六歲生日的Herman，事實上不是那麼「小情人」，差林雲淵的歲數也一直沒有人弄得清楚，然「姊弟戀」正當紅，也是種時髦，朋友們樂得這樣稱呼。

是夜的主、客都是「台灣經濟奇蹟」的獲益者，他們的父母親未必是「台灣十大富豪」，但都在七〇年代的經濟起飛累積了相當財富，送子女出國讀書、爲他們購置華宅，留下股票、現金。

他們當中便有好幾個基本上不在工作，所謂「有工作」的林雲淵也只是在父親朋友的基金會掛個名，愛去不去的做基金會救援雛妓的工作。

然他們也並非傳統定義「揮金如土」那樣的敗家子——他們也沒那麼有錢。

他們只是有著和辛勞打拚的父母親不同的想法：

比如四十歲以前退休，做自己愛做的事。比如雖然已過了非用名牌不可的階段，但一年中總得在巴黎、紐約、東京、倫敦（最近還流行上海）住幾個月。

是夜幾個朋友正相約到巴黎吃米其林三星的餐廳，以及到帛琉潛水，那裏有世界最著名的潛水點。

然後有人提議飯後到一家東區新開的Lounge Bar。Lounge Bar當然不是什麼新去處，但新開的這家老闆是個知名的演藝圈經紀人，據說裏面風光無限。

林雲淵第一次見到方華，事實上，是一起見到「她們」兩個人：安雅與方華。

最先吸引林雲淵注意的，並非方華，而是安雅。

坐在吧台前的安雅，剪著一個顯眼的娃娃頭，一頭黑髮絞染成絲縷金棕色，愈發襯得前額一排密密整齊、未被沾染的原色黑髮，黑色絲綢般烏順滑亮。

便在這樣齊覆的厚黑劉海下，林雲淵看到了一雙眞正是驚心動魄的黑色眼眸。

那眸子是台灣人少見的沈黑，黑色陰影幢幢，但仔細一看，黑的並非眼珠，而是長且細密上翹的睫毛與一雙濃烈的黑眉。林雲淵無端嘆口氣，心想：

爲什麼安雅不曾將前額原色黑劉海絞染金棕色了。

然這樣一雙因沉黑而艷色至極的眼眸，卻不見光彩。

「安雅。」有來自角落的聲音呼喚。

那沉黑的眼眸方像倏地被攪亂的一池潭水，波光瀲灩的閃過一絲極度的震嚇，彷彿只是這樣一聲呼喚，都足以驚動心魄。

然後小巧的紅唇開啓，吐出的是嬌滴滴的弱音：

「誰啊——神經病。」

林雲淵承認自己先是被這樣一顆嬌弱且艷色的頭所迷惑，這般薄弱易碎的美麗方式，顯然不像她二十來歲的一般時潮形樣，而毋寧像穿越時空從書畫小說（也可以是那種少女漫畫）走出的人物。

然更甚的迷魅來自當安雅從吧台前站起身來打招呼，林雲淵看到了一副女人裏算高、一百六十八公分，豐胸細腰肥臀凹凸有致的全然成熟的女人胴體，那二十來歲的島嶼新成長一代該有的體態，還更熟圓些。

便是一張最不食人間煙火、空靈脆弱的巴掌大小美顏，與一副絕對肉感慾望的女人胴體——在過往，這樣的容顏是要配上弱柳扶風病弱的嬌軀。

誰把這樣的組合放在一起？

那夜裏在那城市中心的酒吧，林雲淵因著先由朋友口中聽聞，無須特別敏感特別善觀察，也無須同時認識「她們」兩個人：安雅、方華，即知道安雅所愛。

然後見到安雅，明知道不該，臨上林雲淵心頭仍是那句：

「卿本佳人……」

「奈何怎樣呢？」

林雲淵硬把「奈何作賊」這後半句在心裏頭壓下。

是啊！像這樣美麗的女孩子，怎不會是男人競相追求的對象。安雅可以有一把抓的男人在手中，奈何跟同性一起厮混，還顯然嗑藥，才會有那樣迷離的神色。

林雲淵立時要趕跑這來到心中的意念，卻爲仍讓它閃過心頭懊惱不已。

林雲淵很快發現，安雅並不是藥癮者，她並非那麼經常性的嗑藥，也許和朋友在一起會跟著使用，而已。

安雅不需要嗑藥，就可以有那樣虛幻的神情。

她脆弱、空幻的美顏來自的，只需是她自己。

安雅沒有名字，安雅不需要名字，所有的人都喚她安雅。

她身邊也沒有人叫得出她的本名——也許除了安雅所屬模特兒經紀公司的會計，會知道安雅有一個姓：趙錢孫李……還有一個中文名字：怡君詩菁美麗淑華……好作為所得稅申報資料。

然安雅並非如此出名，安雅了不起只是個二線的模特兒，甚且連一線都及不上，更不用講超級名模。最好平胸瘦臀圓身的這行業，安雅的胴體太玲瓏有致，胸部太大臀部太肥，雖然脫下衣服是豐美的裸身，但穿上衣服？

安雅太大了。

「太大了」的安雅並不甚出名，沒有人管她除了叫安雅外，是否還會有其他名字怡君詩菁美麗淑華……

所以安雅就是安雅。

而總有工作給這個基本上不嗑藥、不誤時的二線模特兒，總有電腦展家具展車展音響展……需要一副火辣的胴體依附在電腦家具車子音響上，這時候豐乳肥臀的安雅，得到廠商喜愛。

何況她還有那樣無害的一張美顏。

安雅隻身一人，在這偌大的都市裏，賺取夠用的錢。不曾聽聞她談家人、談她的過去。

安雅也不像其他的女孩子，不管是否同年齡層、更年輕或較年長，安雅不談八卦不說是非，更甚的是，安雅還不聽。

是的，安雅連聽都不聽。

模特兒圈有的不外八卦與是非：

誰在外面賣一次只要八千。

誰最近拿了孩子，父親是誰當然不知道。那晚上一起上的？多少個都不記得了。

誰陪廠商吃飯後另有價碼不稀奇，但嘩！以六位數計價。

誰陪睡的錢全貼在男友的賭與藥上，男的同時劈好幾腿。問題是哪個女的不倒貼？爭相出更多錢養他呢！

誰嗑藥不稀奇，誰不嗑藥才稀奇。

誰向周邊往來的男人們訂出價碼，服務良好不會有麻煩只做熟客計次收費小心防範不沾染性病，結果男人的朋友們吃好相報，女人藉這樣的「援交」買了房子。

誰在這圈子裏著名的男女通吃。

誰……

誰……

安雅不跟著談說這些。

一開始林雲淵還暗自讚嘆，這麼潔身自愛的女子方能如此不沾染是非，然後發現，安雅的不沾染是非因著無處沾惹。

安雅的心只有她自己，安雅因而無處沾染。

林雲淵從不曾見過一個人，無論男、女，這樣的陷溺於她（他）自己，安雅只談自己——而且多半只限於——自己的愛情。

安雅不說旁人的八卦是非，基本上也不聽有關他人的談話。安雅談的只有愛情：她自己的愛情。

極少有關於安雅的傳言，從她的模特兒公司、她少數一兩個女友，然沒有人清楚她來自何方。

林雲淵只有從安雅的愛情裏拼湊關於她的過去。

她是不是有個原住民的母親，隸屬於那白而美麗的高山族，離開山地的母親，美絕的容顏裏有明顯的原住民輪廓，在那個年代裏像懷帶著永遠的恥辱印記，注定的要被歧視。來到都市無一技之長，等待著她的也只有流盪於煙花聲色之間。

安雅知道她的父親是誰嗎？

或者，安雅根本來自一個一般的家庭，父親是老師母親做家管，像許多小朋友上小學第一篇注音的作文裏愛寫的。

或者，安雅的父母親是一般的上班族，不曾離婚讓安雅有個破碎的單親家庭。

或者，經商的父親也不曾有外遇，安雅的童年並非不快樂。

又或者，安雅那一身爲人羨艷的白膚色根本是白種人的遺傳？那如候鳥一樣來自遠方的父親，果眞回歸他的來處，可知道他在這亞熱帶的小島上，留下這樣一個美麗的女兒？

（不管是怎樣的安雅，安雅也不見得童年要被性騷擾，青少女時期被強暴。）

安雅就是安雅。

安雅便一定讀了中學，對這個部份林雲淵能確定，因爲安雅一直談她中學的初戀——女友。

（誰沒有初戀——的女友?!）

林雲淵與安雅之一

中學，尤其是遠離這首善之都、得風氣之先的外地學校，尤其是女校，尤其是住校生。

這會是個歷屆歷年，不斷流傳的傳說，有的時候甚且成傳奇。

（如果相愛的兩個人因不堪學校家庭的壓力，雙雙決定共同攜手自殺。）

她們，都還有這樣的一段，戀情?!

遠離首善之都的外地學校，不曾得風氣之先，總是較保守，在這裏老師教官還有較大的管轄權，女校生校外談戀愛的機會多多少少受阻些——先把書讀好，以後要交男朋友不會沒有機會。

要交的不是男朋友，萌芽的青春與勃發的乳房無從抑遏，經血自下體汩汩的一陣陣流出，不能等待的愛意來到長時間相處的同校？同年級？同住校生中？

會不會總是這樣的女孩子，身體抽長得更快更高，長手長腳，頗有著像男孩子的帥氣，是籃球校隊田徑高手儀隊隊長校刊主編。

成了愛慕的焦點、爭風吃醋的對象。

校園裏精心設計的偶遇、轉角處差點撞滿懷、樓上教室從高處的遠望、參加同一個社團……

每一次臉紅心跳每一次深情瞥望每一次接觸後的狂喜不能自拔不能自禁的日思夜想恍惚神移……當然還有大量的淚水大量的悔恨心酸大量的焦慮不安，甚且，怨恨。

然後總有一對、或數對眼神碰觸到了，相互到了最深的心，彼此也都知道了。這時候反倒不敢像其他同學連上廁所都手拉著手一起，人前人後躲閃，可是初次的愛難以藏隱，閒話四起，從最嫉妒的嘴中。

林雲淵與安雅之二

林雲淵甚且還未考上大學，即過去了那暗暗思戀，雖然一直還記得那隔壁班女孩的形樣（她是不是也和多數人同樣，日後爲人妻、爲人母？還是？）

只安雅十幾年後，仍繼續談這初戀——女友。

她們在住宿的宿舍裏已然看到彼此。

小小的七、八坪空間至少住六至八個人，較大的寢室可以排上十幾個上、下鋪床位。

學校說，她們在這裏就是要學習共同生活團體規律。

她們不需要隱私。僅有的一點遮蔽是每個上、下鋪床位各張起的一頂小小的蚊帳，六尺四尺長寬，剛好罩住整張床。先是白紗織成的蚊帳，棉紗混紡纖維較粗，帳內的能見度自然較差；之後塑膠製品取代，像魚網一樣張的白蚊帳，透視十足。

仍然得，窺視。

眼角餘光偷偷掃瞄順便張望正巧走過剛好回頭：

開始是同寢室，接著連別的寢室都藉故過來，窺視。

當然是窺視。

睡覺的身姿？島嶼夏日裏高溫宿舍沒有冷氣，薄而短小的睡衣因燥熱在熟睡不知覺中撩起。

她們想要看什麼？她們看到什麼？

或是在更早以前在有些學校，共同生活團體規律被實施得更徹底，沒有隔間的大澡堂，像軍中一樣，每個人帶著自身用品，進入，在一個個蓮蓬頭下，沖澡。

不是早就看到了嗎？

仍然窺視：

誰半夜裏擠上誰的床。

如果床位不是靠牆不在上鋪，甚且無須窺視，房間中央的下鋪，塑膠帳內裏面清清楚楚：

誰半夜裏擠上誰的床。

可是瞧見什麼？相互交纏的身軀（只相擁而眠）？手伸進衣內（撫摸）？褪下衣物（一個壓上另一個）？

還能引起更大震驚的是，有一天早上，耳語很快傳遍大半個年級。那是有人透過蚊帳，瞧見學校制式白色床單上，仍沾染來不及清除的大片紅色血漬。

耳語傳遞的是：

「還不是有月經來。」

語調中有著失望，以及，更多的蔑視，恍若一切至此歸零。

然就此終止了——窺視？

還是，才正要開始進一步，窺視！

安雅和她的初戀女友，彼此看到了什麼？

會不會有段時間，十幾歲的安雅巴掌大臉龐只有粗澀的青春，她的豐胸細腰肥臀也尚未發育完成，安雅亦是隔著絲白蚊帳窺視，她尚並非被看的那一個。

然她的青澀、清純，她的柔弱溫和、蒼白秀麗，甚且她未形成的性徵，反倒讓安雅被選中了——從女校那麼多同質性高的女學生。

被選中了的安雅從此是「她」的小公主。

安雅怎知道自己是那「小公主」？

她就是知道。

像花開花謝季節替換地球自轉月換星移。

逐漸被形成的安雅抬起她脆弱嬌麗的巴掌大臉龐，承睫的淚光閃爍，渙散的眼神中有絕對的痴迷，微啓的紅唇笑翳哀愁。

這經典的顏面始自那初戀，由另一雙同性的眼眸中看到顯映的倒影，從此時光驟止，百世千代以來，這經典的形樣持續移轉，從一雙女人的眼眸到另一雙女人的眼眸。

百世千代。

不管安雅一再在意的解釋：她和那初戀女友，在那燈光昏暗的學校宿舍裏，絕對什麼都不曾做。在寢室那魚網一樣張的白蚊帳內，她們像兩條被網住離水的魚，事實上什麼都不曾做。

（甚且不曾接吻。）

那是她一輩子最純純的愛——她也意願著要以這樣的方式永遠的紀念著。

而從此，不會有王子和公主從此過著幸福美滿快樂的生活。

當安雅從一雙女人的眼眸到另一雙女人的眼眸，凝望自己。那鏡子前的皇后，以女人最深沉的絕望，召喚一面普通的鏡子成爲魔鏡。透過皇后映現於魔鏡上的女人的眼眸，皇后以女人最深沉的嫉妒，問：

「魔鏡啊魔鏡，誰是最美麗的女人？」

魔鏡顯現了肌膚勝雪髮色烏黑的小公主。

不願置信的皇后再問，這回以女人最深沉的怨恨：

「魔鏡啊魔鏡，誰是最美麗的女人？」

魔鏡再次顯現了肌膚勝雪髮色烏黑的小公主。

不甘受辱的皇后第三次詢問，這回以女人最深沉的憤怒：

「魔鏡啊魔鏡，誰是最美麗的女人？」

魔鏡又一次給了眾所皆知、一再被傳述的回答。

會不會是，事實上是，皇后不曾也不會，以她同爲女人的眼眸，在那魔鏡中看到肌膚勝雪髮色烏黑的小公主，其實可以就是她自己。

然安雅知道，當她從一雙女人的眼眸到另一雙女人的眼眸中凝望自己，安雅一向知道，她即是那肌膚勝雪髮色烏黑的小公主。

不管是否從魔鏡中，不管是否需要魔鏡。

（然而誰是皇后誰是公主誰又是那魔鏡？

這是另一個故事安雅此時尙無暇顧及。）

當安雅以她的豐乳肥臀，以極盡暴露的情色姿勢趴在電腦家具車子音響上時，安雅承受到飢渴的眼光，大多來自男人。

被男人看的安雅，擺出怎樣的裸身？她的心是否也釋放出來將慾望遍呈於渾身遍處（特別是那水草豐茂的幽谷）。還是，安雅將她大半裸露只差乳頭被薄紗隱去的豪乳依在汽車堅硬的鋼板、露出股溝的肥臀枕著富彈性的彈簧床，而私處在廝磨之間全然不爲所動：

男人的注視。

可是會不會有一雙、數雙女人的眼睛，閃爍於眾多男人的眼睛中，如寒夜中的孤星，特別清亮無須辨識，也許同樣貪婪，也許更爲慾求：

女人的眼睛。

火一樣的燒過安雅的胴體，而她們彼此都知道，穿透她們一樣女人的身體的，再堅硬的汽車鋼板、再厚的彈簧床，都阻擋不了安雅一清二楚的裸身（當然還有那水草豐茂的幽谷）。

安雅於是被看見了。

被看見的安雅收起了擺出的性感姿勢：挺起胸激突出豪乳、高翹起肥臀欲拒還迎……

被女人看見的安雅有了另個裸身？

（同樣挺起胸激突出豪乳、高翹起肥臀欲拒還迎？）

還是，怎樣的裸身？

閃爍於女人眼中的，那乳房是否方是致命的吸引？不管是安雅激突的豪乳，還是即便只是小小挺立的胸乳，甚且已然微略下墜的熟透雙乳。

只要是乳房！

是的，雙乳。因爲要承擔胸前這隆起的豐腴雙丘，從肩背到前胸便開展出一條波濤起伏的曲線。爲了接連這累累肥腴的甜蜜重擔，那總是不寬的雙肩與前胸，成了沒有稜角的圓線條，視線中手掌裏最滑暢的觸感。

更不用說還有那香息呢！即便不再有母親乳房的奶味，這裏總透著暖暖的氣息甚至有點甜甜的香息，壓上整個口鼻，無盡的溫暖盡在其中。

（可會是母親的乳房的印記?!）

乳房！幸福的源泉，多少的快樂與慰安，假它而達成。

差別會不會因而更在，那臨上身來把玩這激突的豪乳的手，那吸吮挺立的乳頭的嘴的人，與她同樣有著一雙乳房——不管如何刻意以束胸約束、或原本就生得平而小。

然畢竟同樣是乳房。

裸身相對著兩對乳房。

（這乳房可會也是安雅的慾求？）

啊！或者重點不在這相對著的兩對乳房，不在她們共同擁有的，而在她們共同沒有的，那方是關鍵所在——

陽具。

（她們所不想要的。）

便於是，被女人看見的安雅，挺起胸激突出豪乳、高翹起肥臀欲拒還迎，還有那水草豐茂的幽谷……

等待的，只要不是，一定不要——

那陽具?!

2

林雲淵跟著來到安雅的住處。

位處那首善之都的邊緣，一般人們的住家。這裏的小巷弄擁擠吵雜，不僅不再有數十層高的大樓，連七層有電梯的公寓都不多見，多半是得爬樓梯的老式四、五樓樓房。

安雅租的是四樓加蓋的頂樓。

林雲淵許久不曾見過這麼紊亂的房間。地上基本上全是衣服、鞋子，夾雜著過期的雜誌、報紙、泡麵空碗、沾染上暗紅色不知是什麼乾枯液體的海報……還有一排排倒是依牆排列整齊的酒瓶，各式各樣的酒，從昂貴的Single mod威士忌，到最廉價的不知品牌的酒。

安雅用腳踢開一些雜物，掛在她尖頭鞋尖持留不去的，林雲淵眼尖看到是一件Christian Lacroix的雪紡薄衫，春季當紅流行的桃紅色，薄絲上印著飛翔的蝴蝶，五彩繽紛。

（這衣服價值不菲，卻這樣隨意亂丟。）

為這衣物絆住，安雅一個踉蹌差點跌倒，林雲淵扶住她，彎下身替她解開絆在腳上的衣服。那薄絲上印著的蝴蝶，好似也才鬆開了起來，不再受到羈絆終於飛翔走了。

林雲淵無端感到鬆了口氣。

卻是仍彎著腰抬起頭來正準備直起身，觸目所及一張極大的床。

是因著平行視線，那靠著角落的床方如此敞大，還是因著床上掛的那一頂白紗紋帳？

並非台灣鄉間早期常見防蚊的四角蚊帳，當然也不是學校宿舍小小的單人蚊帳。這白紗帳子是童話故事繪本中才見得到的圓頂帳幔，吊在天花板上的圓頂垂下四散白紗，完整的周圍了整張大床。開口處以掛鉤將帳幔攬向兩旁，便可見床上舖著淺粉紅色的床單。

來到林雲淵心中，會不會看到Hello Kitty那隻無嘴貓的圖騰？

而這白紗帳幔、粉紅色床單的大床上乾淨整潔，不僅不見亂丟的雜物，連床單垂蓋下來的皺褶，都一褶一褶妥善排列。

林雲淵心中一陣愴然。

安雅要的可是做這床上的公主?!

林雲淵還發現，安雅家中基本上可說「身無長物」，除了那大床，不見任何值錢的家具，沒有電視更不用講電腦、錄放影機、音響……但安雅有一整個房間的衣服。

是的，衣服。

穿行在房間內散落一地的衣物，感到恍若是安雅在無數的夜晚裏一件件脫下的衣服，四處亂扔方如此聚集。林雲淵赤著腳穿行過一件又一件的衣物，踩著外套襯衫T恤小可愛裙子長褲胸罩內褲丁字褲……有若行經安雅一次又一次的肉身——

可是佈施？

這一件件脫下的衣服，便是一次又一次的肉身印證，直從林雲淵赤腳的細嫩膚觸上直傳遞到她同爲女人的身、心。

一陣莫名的顫慄，林雲淵打了個冷顫。

而光著身子的安雅一件件脫下衣服，來到這白紗帳幔、粉紅色床單的大床上，一次又一次的躺下。

安雅是她床上的公主。

而會有不同的手，不同女人的手，無論如何較男人的手纖細些，也會較男人的手細緻些，撫過安雅細白的皮肉（她母親恥辱的印記如今成爲女兒傲人的標幟）。撫過衣物盡除的安雅赤裸胴體的，是女人的手，儘管可能是夜夜裏不同的女人的手，不知爲何讓林雲淵少有不潔的感覺。

那不曾有男人陽具、夜夜不同的男人陽具，穿插進入這一副豐胸細腰肥臀凹凸有致的全然成熟的女人胴體，不知何以讓林雲淵覺得心安。

甚至自身體內也突地激動著一陣無明肉慾的渴慾。

（難道她也渴想安雅？）

然而，她，林雲淵能不能呼應安雅的肉身慾望，如果她們（安雅與林雲淵）同樣身為女人的身體內，同樣是要求（或希望）被進入。

那希望被進入的慾求，是否有所不同？

是不是同樣的被擁抱、探觸、撫摸、被插、挑、撥、撚、勾、劃、壓、扯、捏、擠、揉、按、挖、掘、探、掏、搔、搓、撩……

還是被進入的方式？

抑或者上述這些都不重要，重要的只是來進入的「人」——女人／男人。

林雲淵之一

林雲淵當然也被手指進入過，只不過俱是男人的手指。女人的手指？她自己好奇的、有時眞是需求的手指罷了。

那進入的男人的手指，再怎樣纖美都不會有如女人細緻。方形的指甲、粗礪的膚觸、硬大的指關節，也許只消一根進入即能有所感覺（女人相較下纖細的手指，一次得多根進入吧！）

然男人生硬的在裏面的手指，即便懂得搔得到應該到達的所在，仍不敵那能堅硬挺進卻又周身柔軟的陽具，啊！再怎樣模擬的乳膠產品，都達不到這樣天然的硬中帶柔，與自體陰道做著一種你消我長、你硬我鬆、你大我寬的互動互利。

她承認自己習慣並喜歡那陽具——如果是好的陽具。

在男人／女人的手指、乳膠震動器與陽具之間，林雲淵並非經由比較後去選擇，啊！不，林雲淵像許許多多的女人，從不曾比較過，不懂也沒有機會要求比較，她們只是接受了：

陽具。

（她從不曾經歷的——女人的手。）

林雲淵站在至少五六坪範圍、滿滿堆著脫下來散落地面上的各式女人衣物，得越過此內衣胸罩丁字褲裙子洋裝小可愛上衣牛仔褲……望著那夢幻般白紗帳幔、粉紅色床單的大床。

然是不是所有女人的手都如此細緻、如此溫柔，滑過安雅細白的肌膚，絲緞般的撫過平躺下來仍高聳的雙峰、平坦緊致的肚腹，來到水草豐茂的兩腿間……

會不會是女人擅撕、抓、扯、掐、捏、捻的手，在安雅美白無瑕的胴體上，反倒是留下一道道撕痕、抓痕、扯痕、掐痕、捏痕、捻痕……

道道烏青、道道見血。

還可以用口咬。

那據稱是女人較男人善於用來表達言語的嘴，事實上能有更大的殺傷力，一口咬下去豈只是齒印深嵌紅血迸現，還能咬斷的，豈只是女人通常較纖細的手……

又或是，當激烈的性愛中，男人們用操、幹、姦這樣的字眼時，安雅身上或身下的女人，會用怎樣的字眼？

因而仍有沉重的女人拳頭，從較安雅粗壯有力的女人身上，點點的落下擊打在安雅的頭、軀體；厚實的手掌一巴掌、一巴掌的連續打在安雅脆弱的美麗顏面上。

沒有陽具強行進入、沒有陽具不顧疼痛的在內操插，安雅是否即不致被凌辱、被強暴、被痛毆、被虐待……

如若安雅也會緊閉住殼?!

（為了等待她要的愛。）

林雲淵無端嘆口氣，心想：

蚌

（或者她根本是將自己囚禁在愛裏。）

安雅是一隻緊閉住殼的蚌。

那蚌再怎樣緊閉，總得裂出開口為一些生存必須。於是，柔軟無骨無有阻擋的肉身，仍藏在強硬的蚌殼裏，只是蚌殼稍略開啓，水，帶著鹹腥味的海水，進入、湧出。

這時安雅瞇著那沈黑眸子，從黑色陰影幢幢的長眼睫中，虛幻的望了出來。

夾緊的兩條豐腴雪白的美腿間，必是水草豐茂。撩撥進來的，如若是手，企圖掰開強硬蚌殼的，是著力的手指，即便只是為讓一隻手指進入，那蚌得如何開啓自己？

或者
安雅割裂自己作爲開口。
然而安雅談她的愛情。
爲著的是，愛。

安雅之一

曾經有一度，安雅說，她歷經這樣的愛情。
那情愛到來時，她唯一的慾念是死。
那愛來時她先是有著如是的反應，心跳加速全身處在一種警覺狀態，任何碰觸都似風吹草動帶來驚心的探觸／等待探觸。

那愛情所燃起的渴慾，與因而帶來的警覺、驚心，已然耗掉她全數的精力、心力，讓她如此缺乏行動能力，甚且輕易不敢見到她，只能呆坐於思。

卻又只要一稍爲分離、或獨處，心中的意念飛馳念頭流轉，迴滿心懷俱是與她相關的一切。重重複複層層疊疊無時無盡。

幾要讓她發狂。

那情愛讓她最深的慾念是死。

方得以掙脫，也方是一種圓滿。

安雅因而在她圓頂帳幔、以掛鉤將垂下的四散白紗攬向兩旁的大床上躺下身。仍然挺起胸激突出豪乳、高翹起肥臀欲拒還迎，張開那水草豐茂的幽谷……

一次又一次的等待。

帳幔放下。

之於林雲淵，安雅是一隻緊閉住殼的蚌。

二章　方華

1

林雲淵第一次見到方華，是在那首善之都台北市東區著名的酒吧。

基本上是流行的Lounge Bar，舒服柔軟到可陷落的沙發與靠枕，微暗不顯的燈光下所有的人都似寄生於此夜生活，共有著一種擬態，從casual smart的休閒穿著、臉上冷淡掃視的目光，到夾雜著英文的對話。

紅酒的熱潮已過，然桌上間或仍開的，都是不甚知名小酒莊的酒。Single mod威士忌正當紅，幾乎人手一杯。

十二年的Macallan就可了，十八年的醇得沒什麼氣力，太mild，也不用多花那個錢。

泥炭味最佳的來自Islay島。這在蘇格蘭西北邊的小島，出的whisky除了泥炭味還有海洋的味道。

誰誰誰不是說過，船如要觸礁，要在Islay島。

Islay島最強的，最wild的，是二十年的Ardbeg……

長吧台前仍坐滿一圈人，三三兩兩有一搭沒一搭的與酒保聊著。

是夜遲來的從事廣告業朋友，顯然一進門即注意到坐於角落的安雅，他們合作過一個小case。幾杯酒下肚，朝林雲淵使了一個別有用心的眼色，出聲招呼安雅。

林雲淵看到的，便是轉過來那張嬌弱且艷色、空靈脆弱的巴掌大小美顏，以及接下來近身後，一副絕對肉感慾望的女人胴體。

她承認，最先吸引她注意的，事實上是安雅，並非方華。

特別是當安雅開啓小巧的紅唇，嬌滴滴的吐出弱音，一再「雲姊姊」長「雲姊」短的喚她時，林雲淵的確感到憐惜。

也由著安雅，她有機會常見到方華。

方華當過安雅的平面攝影師。

方華當然沒有安雅的女人艷色，她還較安雅略矮些。她顯瘦，全身有著分明但比例柔和的美麗線條。當然是剪著短髮也慣穿著長褲，當然是寬肩平胸長手長腳，當然是脂粉未施的臉美秀標致，卻有著倔傲的不羈。那種人們常愛說的：分明的結合著女子的美與男子的帥氣。

方華當然也抽菸喝酒，喝的是烈酒，拿菸的手也絕非女人常見的翹起蘭花指，而是以拇指食指和中指捏著。

林雲淵記得晚春是夜亞熱帶的島嶼已十分和暖，方華穿著一件長袖襯衫與牛仔褲，林雲淵尚不懂去分辨究竟那長袖襯衫是來自男裝還是女裝，長條紋的襯衫有著無須說明的男裝形樣，比較特別的是袖口的一小圈荷葉邊鑲滾，又使得那襯衫無以分說的女性。

安卓珍妮——Androgyny。

來到林雲淵心中。

當林雲淵對方華的感覺褪卻，甚且再間隔相當一段時間之後，她都還難以仔細分辨，方華是如何的進入她的心中的。

在那晚春的都市裏，似乎野火燎原的，一切就發生了。

能確知的是，一開始，卻是林雲淵多少縱情的預期結果。

於林雲淵自家「振宇華廈」二十三樓的客廳，或者在多少那都市中心昂貴的獨棟豪宅，山上的別墅的派對裏，林雲淵望過重重的賓客、名牌衣飾與珠寶，在五大酒莊的紅酒、在頂級香檳的盛宴中，爲了止住來到嘴裏的呵欠眼中含滿眼淚。

再自覺自己像一隻紅眼睛的兔子。

她知曉自己放縱自己要去感動，那情愛是對付所有呵欠的最後防線。

——還較任何迷幻藥都管用。

她放縱自己去感動，可是即便如此也得有能令她感動的。

方華的確感動了她。

她們一夥人如同這都市裏許多人的玩耍方式，去新近開的Disco跳舞。是喝了許多酒，酒意蹣跚中，她近身摟住一起跳舞的方華，基本上是將整個軀體掛在方華身上。

於林雲淵來說再自然不過的——因著她們同樣的性別。

她永遠記得，那片刻中即便再如何有酒意，她都清楚聞到方華髮茨間一股已極淡飄移的檀香味。

同作爲女人，林雲淵當然用香水，也很容易分辨出那是女人用的香水，而且顯然到最末階段的香水味。

她在那片刻中感到心動神移。

只爲那出乎意料的同爲女人用的香水？她是不是以爲方華用的會是男人的古龍水。而那樣有香息的軀體，明顯異於一般男人的氣息，竟如此出乎意外的美好。

(往後那末段會有檀香味的香水，若有似無的低沉的香息，到了終點盡處仍抵死的纏綿與糾結，便一直在鼻尖在息際蠱惑著她。

那檀香作爲佛前的供香，方是爲她所熟悉。

那檀香怎作爲愛慾的迷情？果眞救贖與最深心的墜落，一切只在心念之間？)

還當她近身摟住方華，她猛地才要發現那懷抱的虛空。方華畢竟不是男子，有男人那樣平板、寬幅的腰身，懷抱中的身體近腰處因而瘦弱且單薄，是缺乏她一向習慣的「堅確與實在」可以依靠這些男人軀體的修辭/感覺？但那不知怎說突然落空的猛地心驚，卻讓她久久不能自已。

(她一直把方華當成什麼？當成男人？)

自那早夏的夜晚以及之後的見面，那總是並非預期的驚訝不知怎的居然帶來驚心動魄的刺激，無與倫比的感官激盪，血脈僨張的懸念，愈是想要去理清究竟爲何，愈絲絲線線纏繞滿身滿心。

（一切只爲這迷情的強大新奇鮮色感覺？）

終至她開始認眞的問自己是否愛上方華。

她的第一次。

（或者她以爲的第一次。）

她因而感到恐慌。

並對方華開始了無盡的好奇。

那方華會不會來自父母離異的家庭，父親持續的外遇，由單親母親扶養長大，從小憎恨那造成一切悲劇的父親，照顧、安慰母親一直是小小方華的心願！

那方華是否必然的有著這樣的母親？出身不夠純正、來自風塵界、作爲媽媽桑、開卡拉OK店……母親縱情聲色酒精、三教九流的朋友與親友，一直是父親最瞧不起的。

（全家還得賴此以爲生。）

父親因而暴力相向，而小小方華如此深愛著母親、從小以保護母親爲職志。

那方華也可能有著十分和樂的成長家庭，父母親都是高級知識份子，在大學裏教書。父母親重視孩子的教育，從小以身作則。方華的兄弟姊妹也個個順利成家就業。只有方華……

那方華也可能來自十分普通的家庭，開小商店、做小生意的父母親，不見得受過高等教育，不見得重視什麼與孩子的溝通，但在起飛成經濟奇蹟的台灣社會，平和不匱乏的生活是有的。沒什麼特殊緣由方華與眾不同。

然方華畢竟與眾不同。

方華如何不同？

而不論方華有何不同，她都還得花費心思去探觸——這並非張口即能吃下的東西。

在最始初，這是一切樂趣的所在。

是冰嗎？

那著名作家說過的，林雲淵深自記得：

第一次看到冒著蒸騰騰白煙的冰，先前經驗裏所有冒煙的都是熱的，眞正去觸摸著冰後，發現居然是澈心的涼。

吃冰在這亞熱帶島嶼的長夏裏一直是「她們」女生的最愛，吃冰的時候她們愛說「透心涼」。「透心」眞的是指全身一陣痙攣顫慄，最後——

傳到心裏直穿透那顆心。

她對方華的感覺便充滿這樣不可測知的預期／與之後探觸的修正。

風來了，雨前總會先有風來，涼風，那最炎熱的夏季來到前最後的一段不穩定的氣候。豔陽，然在熱氣凝聚的高點，有一種更強大的東西呼天喚地的湧聚來，不僅是遮掩了烈日還帶來冷涼。

風來了。

接下來是不是雨就來了?!

她原只以爲用來重感到自身心跳、脈動的感動，一開始，的確是林雲淵所寄望，幫她排遣那漫漫時光。方華無論如何都還屬於女性的性別，尤其在迷情中不知怎的令她感到心安。

（她模糊的總以爲，這終就會只是女人對女人的依賴，暫時、無害而且很容易去除。）

如若不是湧現的慾望。

她們一夥人在外面喝酒，方華很快便有了酒意（林雲淵甚且不曾多加猜測緣由）。

喝多了酒的方華會簡單的說：她喝醉了，要回家睡覺。然後像一隻受傷的獸急於爬行回牠的穴，躲藏起來，冬眠一樣。

（可是她又說她老睡不好。）

方華冬眠的時候究竟還做了些什麼？她是不是在舔舐自己的傷口的同時也在自慰？

林雲淵開車送喝醉的方華回家。

她還告訴方華她沒有要跟她怎樣：

妳放心，我沒有要跟妳上床。

這是她的用詞。

她扶著她上樓、看到方華小小的家。工作檯上、櫃子裏的攝影器材如此整齊，然整個住處不見任何一張攝影作品——她自己的或大師級的。

那四面全是空的白牆，不知怎的再度讓林雲淵心中突地一顫落空的感覺。所幸那攝影器材讓她感到心安，方華畢竟仍有著一種職業。

方華伸出長長的手臂緊緊摟抱著她一下算是道別。

那夜裏林雲淵最後明確有的印象是方華的紅唇。嘴型美好略質厚慾望的紅唇。她一直有想要親吻那紅唇的強烈慾望。

可是方華是不會擦口紅的，也沒有略質厚的紅唇。

（所以那紅唇的印象從何而來？）

那夜裏方華不會擦口紅，總之她是不會擦口紅的。

但方華擦香水。

（方華一直都擦有香水。）

方華爲什麼感動了她？

她不多久即發現是方華的女／男男／女的變身。

她一直發現方華閃現變化於男人與女人之間。

（是方華果眞神似男人？還是，一切只出自林雲淵以爲的「男人」？）

有些時候方華有著十足女人的纖細和嫵媚（或許還不到嫵媚，就是一種細膩與細緻），另些時候她卻又有著男人的粗鄙（或許還不到粗鄙，就是一種粗重與大刺刺）。她不知道哪一部份來自原來的方華，哪一部份又可能來自後天的學習。

或許，這兩部份都來自方華自身：

方華原就是個她／他的組合。

（方華原就是個他／她的組合？）

而在這瞬間閃現變化於男人與女人之間的過程，之於林雲淵，當方華更有著女人的一面時，連她原本極長的大手，手指都纖細美麗，腰身有曲線盈盈可一抱。當方華更有著男人的一面時，她極長的大手，手指都顯粗厚，腰身也平寬。

便甚且方華的身高一開始也極難掌握，她一直以爲方華很高（來自對「男子」的一般印象）。然後她又記得，近身摟住方華時，她穿著平底鞋，高度可以到方華的耳際（所以方華事實上沒那麼高）。

方華與安雅之一

方華不似安雅，被女人看見的安雅即便擺出性感的姿勢：挺起胸激突出豪乳、高翹起肥臀欲拒還迎……

有了另個裸身。

安雅的穿著打扮仍是一般「女人」的形樣，她可以穿套裝、褲裝、長裙、短裙、熱褲……薄紗、絲質輕飄若隱若現，鑲滾、荷葉邊波波浪浪，鏤空、高叉半遮半掩……

（那林雲淵赤著腳必得走過穿越她一件又一件脫下來的層層疊疊的衣服。）

她可以留長髮短髮甚且光頭。

安雅尚能安全的藏身在「女人」之中，如若她不要現身。

然方華的穿著打扮即便在學校，在中學裏即造成困擾。不論讀的是女校或男女合校，方華的制服在那個階段的台灣，一定是裙子，不會是長褲。

一開始年幼的方華無能力也不敢反叛，只能將短褲穿在學校制服的裙子內。或者，在每天一定需要制服的升旗典禮，放棄的遲到早退不參與，再接受懲罰。

（裙子於她果眞一如她開始萌發長大的胸乳？）

然逐漸成長的方華有了另外的應對方式：如果她是田徑隊是籃球排球隊，她就可以名正言順的藉練習無須參加升旗典禮，之後一整天穿著「體育服裝」——只有這服裝一定是褲子：長褲、短褲。

不用擔心教官的糾纏。

（是不是她們因而多半是運動方面高手，其實最始初只爲逃避那得穿「制服＝裙子」的升旗典禮。）

然外在只能穿著的長褲、襯衫，雖是難以卸除的武裝，更難面對的是必然想要加以約束、內裏逐漸萌發長大的胸乳。這兩者相加的外表形樣終究成爲一種永恆的詛咒，如此容易辨識可以如同刺青，永生永世的跟隨，在某個階段自己看來甚且是一種恥辱的標幟。

異樣的眼光也一定到來。

「那個……」不屑的以嘛嘴來表示：「究竟是男還是女?!」

而一般女人躲避著她們，自以爲會是被騷擾的對象。

她們是不知要如何被對待的另類，而最簡單的方法就是保持距離、或者排擠。

與眾不同的方華的確受到許多苦。

方華還始終不滿意她的攝影工作。那些汽車、音響、餐廳、房地產等等的廣告。然她需要這樣的工作賺錢過活。

「可以拍些自己的作品啊！」每個人都可以這樣說。

方華還要懷疑自己的才華。

聽方華說她的過往，於林雲淵因而是憐惜的開始。

（她們與那永恆經典的母親之間，是不是一直存在著這類似的關係？）

小小的她將自己鎖在自己小小的房間內，爸媽幾乎每天必進行的喝酒、吵嘴、互毆，挨打的一定是力氣不夠的媽媽，腫著臉青黑著眼睛鼻子嘴角流血的媽媽，來到房門口要向她哭訴。

小小的她不敢開門。許多次之後她知道，打開房門，隨著衝進來的不只是媽媽，還有被激怒的爸爸，最後一定是她們母女互擁著再挨一頓拳打腳踢。

她不開門，房門外的媽媽，感到被遺棄，對女兒的不諒解使她嘶吼著叫罵，用從市井學來最難聽的骯髒字眼辱罵女兒的陰戶。

在媽媽長串的叫罵中，小小的她有千人騎萬人操幹過的臭賤陰戶，等不及擺弄著等男人來騎、操、幹……

她不曾應驗了媽媽這詛咒式的預見。

幸，或不幸？

然後她會發現，她能深切愛戀的，只有女人。

然往後自己將無能力面對情人們在情愛變動時迫切的索求，一如當年她只能將媽媽鎖在門外。

2

因著安雅，林雲淵常有機會見到方華。

她們在一家靠河海交界處的餐廳吃飯。那首善之都的台北事實上濱海又有著彎延的河流，從海口上岸半個鐘頭可直抵總統府，因而長達四十年的戒嚴使河海畔滿駐軍警憲兵。

於今戒嚴解除，餐廳外的露台即緊鄰著整片整片的水域，嫵媚動人。

林雲淵先在露台看到一大株種在盆裏的茉莉花，打著不少白色的花苞，還從中尋到一朵盛開的重瓣茉莉。

她摘下它，強調季節尚未到的僅此第一朵花。

稍後方華出去抽菸，回來的時候帶點神祕玩笑的要她伸出手。她果眞伸出手，方華覆上一雙長手，然後她感到手中極輕的微略一動。

方華收回手，安靜的躺在林雲淵手心的是另一朵盛開的重瓣茉莉。

從來沒有人以這樣的方式給她花。

那細膩細緻的舉動的確深深感動了她。

當方華的一雙長手覆上，她全然不曾料到方華會給她一朵花，因著她以爲那一株茉莉尚未到繽紛花季，她覓得的是唯一提早開放的一朵。

全然料想不到的驚喜，使手掌心的小小白色香花，盛開一如——

極樂的深淵。

（她往後果眞要嚐到極樂，以及，深淵。）

方華給她的那朵花原來自另一株茉莉花，在另個露台一角，方華出去抽菸方見得到。林雲淵有著不解是：居然有花逃過她讓他人較她先發覺。可是她後來又一想：

方華才是那摘花的人吧！

方華也自許她是摘花的人。

當林雲淵從露台先摘下第一朵白色的茉莉花時，方華本能的說：

「不是該我摘給妳的嗎？」

「可是妳會嗎？」她問。

方華愣了一下，然後坦誠的回答：

「不會。」

林雲淵往後會發現，方華對花沒有什麼概念。

（又是那種常見的男人連玫瑰和康乃馨都分不清楚？）

林雲淵往後回顧，她對方華的情愛事實上最始初來自對她的憐惜。在方華力求表現出倔傲不馴與漠不關心中，事實上她支離破碎而且不知所措。

「妳怎麼會變成這個樣子，發生了什麼事？」林雲淵記得這是她最常問方華的問題。

一開始的確是林雲淵主動給她打電話，她們在電話裏持長的聊著，方華總是說：

「我說的都是眞話，我從不說謊。」

林雲淵聽著那因著「不說謊說眞話」將自己全然毫無掩飾攤開的方華，一再不忍心於她的過往究竟是遭到怎樣的踐踏，而致在某些方面要如此作踐自己的談著最不堪的傷痕。

方華會殘酷的說自己是個廢人，放棄了所愛的人與錯過好的工作機會，那樣絕決的自我殘害，每讓她驚嚇不已。

然另一方面不說謊說眞話的方華，有著一種生命到了最底層全然不矯飾的眞實，如此赤裸但也極具震撼感人至深。特別於林雲淵那樣一切講求美好的生活、社交圈，支離破碎的方華直接眞誠，眞正是撼動了她久經世故、事實上她也知道已蒙上一層硬殼的心。

她看著方華尙無能力將這眞誠透化清明，轉成爲受苦之後的提昇力量。林雲淵於無盡憐惜中，盡心鼓勵並希望支持她。特別是她看到方華顯然來自並不高的社會階層，卻在在流露著超越她出身階級的美好與優雅。

因著藝術吧！林雲淵寄望攝影能成爲方華的一種救贖。

毫不知預警的，林雲淵放任自己對方華的關愛，方華的有所回應也鼓勵著她。

另一方面，林雲淵還著實迷惑於她如此好看的外表。

是的，林雲淵往後回顧，她對方華的情愛事實上還來自她的身體，是先對方華的身體接受不害怕，方使她的愛能夠開展，否則，一切深心的關注終歸只是女性間的情誼。

於林雲淵明顯的自覺，第一次，她對這同爲女人的身體無所恐懼的欲求。

當那晚上她去環抱她。

如此肆無忌憚因著她們同樣的性別——如果是個男人，她不可能如此做。

（卻也因此她忽略了這身體接觸的其他可能。）

然後就是在那夜她送喝醉酒的方華回家，她明顯感到對方華的慾望，一直迫切的想去親吻方華的唇。

然間或仍有阻礙她的。

方華穿的衣服都有袖子，即便夏天的短T恤，基本上她看不到方華的腋下。然她卻看到了，重要的是那麼濃密叢生的黑毛，大叢的、長濃深色烏亮的毛，佔滿整個腋下。

一開始她覺得被觸犯了，厭惡噁心不該不潔失禮都是可以形容的字眼。那女子如此露出大片的體毛令她不快。

（不快什麼？）

卻是隨即念頭一轉，如果是男子，這腋毛不正代表著性的挑逗？

然後那方華腋下如此大叢、長濃深色烏亮的毛，像怒張的慾望，張牙舞爪毫不加修飾的露出腋下，竟有了無以遏止撩撥的效果，在在觸發性的想望。

……

啊！如果能湊上嘴鼻，會聞到怎樣的氣息？香的、臊的、略有狐臭、帶著甜膩還是，那一向愛乾淨甚至到有潔癖的方華，她身上總帶著有股暖暖的氣息，即便工作了一整天的微倦，身體使用過後但並非過度操弄勞累，那暖暖的氣息便有點甜甜香息的感覺，雖然她不見得用了香水。

那腋下的毛雖然如此量大烏黑而且暴增，但想必十分柔軟，柔暖的拂過嘴鼻，細細的嚙咬起來滿口的柔毛——陰毛？——方華也會有十分濃密的陰毛？應該會吧！她並非在歡愛時看到方華退下衣物裸現出來腋下的毛，而是在方華游泳穿著泳衣時。

便有了更多遐想的空間。

如果她一掀開立即看到的是方華的陰毛，那這腋下的毛或便不致如此驚心動魄。

（甚至讓她厭惡？）

往後她必得承認，最始初阻礙她覺得自己可以和同性女人建立情愛關係的是身體。她一直問那年輕時認識的女同志們：與女人做愛同樣有快感？同樣可以達到高潮嗎？

而卻是她的女性友人說過的，與女人的經驗是被Arouse、可是卻無從眞正被進入的不滿足。

她記得她還問女友，她們不是用手指頭又擅長於用嘴吸吮的嗎？

女友簡要的回答：

用嘴和手指頭一、二十分鐘後，妳還能期待些什麼？

我們終歸是要被陽具進入的。她的女友強調的說。

她知道那種不能進入的空虛，那是多年來她一直以爲女人所不能滿足於她的——焦慮。

事實上她其實更害怕的一直是女人的身體——以自己的嘴唇去親吻她們的陰戶、女陰、下體？——管它用什麼稱呼！

然當林雲淵對她動心後，方華吸引她的，便的確同樣是身體。

她覺得方華性感的先是她的胸，她不知道衣服底下會是怎樣的「光景」——嗯！光景，眞是最好形容的字眼。

她好奇方華不穿胸罩的胸部，在衣服除盡後會是怎樣。

安雅之一

安雅帶她去買胸罩。

方華說。

這之前方華是不穿胸罩的。林雲淵這樣瞭解。是的，胸罩，Bra，女人們束縛在胸部，爲了托高、集中乳房，形成乳溝以及展示更美好的胸乳曲線。

初發育的青春期少女，嗯！十一、二歲吧！母姊帶領著，買了平生第一件胸罩。這時候的胸罩不會有襯裏也不會加鋼圈，只有車出小小突出的圓錐型線條，罩住小小剛萌發的乳房。

安雅帶著去買的便是這樣少女的胸罩。

成年方華的第一件「胸罩」。

開始穿胸罩的方華抱怨胸罩在胸圍處的束縛。

這之前方華是不穿胸罩的。林雲淵這樣瞭解。她穿背心，穿在慣穿的襯衫與T恤內，那種基本上是男人的背心（女人們在運動休閒時也會有的穿著）。

是什麼在改變方華？

是因著安雅，還是方華自身在做著怎樣的改變？

林雲淵早該這樣問。

林雲淵之一

對方華在意後，林雲淵開始思索自身的穿著打扮。由著方華經常的襯衫、T恤長褲穿著，林雲淵也希望自己能中性些，然又顧慮著方華應會更喜歡她女性一面，亦換穿細肩帶上衣高跟鞋。最後連她自己都覺得陷入衣陣的迷霧中。

她給方華買衣服，很自然的到女裝部，因爲先決定了牌子，是以休閒運動聞名的品牌，買的又是她自己也買一件的襯衫，這類十分中性的衣服，對她不曾造成什麼特別困難。

然對方華該穿什麼尺寸，便相當猶豫。

後來她才聽方華的朋友說，她會到男裝部買衣服，因爲她的愛人肩膀很寬，女裝根本買不到合適的。

林雲淵發現她從一個女人的身上重新獲得對外面世界的感覺。

她聽車內CD男歌手唱的情歌，一遍又一遍。愛「妳」一萬年。自有方華依存在心中，那情歌中絕大多數唱的「她」有了不用更改爲「他」的意義。

還有對天氣，氣候、溫差、潮濕，颱風即將來臨前的爆熱、山區裏的荒煙蔓草……

當然還有她自己的身體。

她明白她有著和方華一樣的身體，可是她不知道要如何取悅她。

最後她甚至要問：她果眞有著和方華一樣的身體？

（她曾聽聞她們有的會不喜歡被進入。然不喜歡被進入到什麼程度？完全不能進入？是到洞口？是進入多深？

方華呢？）

然林雲淵只強烈的渴欲能先以手在穿著衣服的方華身上摸索試探。那爲衣物阻隔的方華的身體，讓她如此著迷好奇，不知爲什麼更充滿著性的吸引力。

（是她還在害怕揭露衣物後她眞正要面對的？所以還是只有隔著衣物遐思。）

她發現自己可以欲求方華的唇、衣物阻隔下的胸，那在背心、襯衫T恤下被撫平的方華看似平坦的胸，連著寬的肩膀與扁平的軀幹，再加上窄而緊小的臀，便有著那樣異色的刺激。

至於陰部——如果她得俯身下去吸吮，她自會願意。

（她何時何以不怕女人的身體作爲性的途徑？

難道這一切只因爲方華？）

後來她不免要有這樣的想法：

其實這一切只因爲方華，因爲她這個人。而只湊巧（恰好）方華是個女人，如此而已。與什麼同性不同性戀無關。

她在分離後每每夢到方華，零星的夢，在醒來或半夢半醒間的記憶中閃現，片段而殘缺。

這一回在身體明顯出現的慾求中，她夢到與方華做愛，十分翔實，至少清楚看到夢中方華的性器，而且在醒後仍記得那性器的模樣：

像個女陰一樣的一端有突起的陰蒂，但沒有陰道的開口。整個形狀是長形的一塊女性陰戶，但凸起類似勃起的陽具、卻又較陽具扁而寬。

她在夢中感到被進入、舒服與快感，還記得向自己說：

「還好能進入。」

或者：

「還好有ＸＸ（某種東西）可以進入。」

她不免瞭解到這「進入」在她的性愛中的必需。

她原一直恐懼方華的不能「進入」，這「進入」於她的性便成關鍵。

（可是她理智上當然明白方華可以用手來爲她「進入」。

這害怕便必然爲別的?!）

她們都讀過愛麗絲掉進兔子洞的故事，當她們還是孩童時。

（溜溜的什麼東西掉進長長的洞裏。）

她很快的就知曉她的洞，或者她是有洞的。

（那麼她便不是愛麗絲？否則愛麗絲怎麼會掉進自己的洞裏。）

洞除了「長」外還應該是黑暗的，那愛麗絲當然感到洞的緊致、進入的摩擦、還有減低摩擦會生成的水。然後，是到了洞底，方開始了愛麗絲的冒險。那洞底本來也別有洞天，特別是連接著洞底的凹陷處，會有著處處機關處處玄機。

又或者，如若探觸不到洞底，愛麗絲是在一個無窮無盡的洞裏冒險，只不過那洞間或寬些間或窄些；可以平坦也可以緩坡或高低起伏。

啊！果眞是個樂園仙境的所在。

（而如果她不是愛麗絲，誰又是愛麗絲？誰是這個愛麗絲到她的洞裏來冒險？）

她事實上嚮往著這樣的冒險，從她童小時第一次知曉愛麗絲掉進兔子洞的故事。她即可能有一天會問出：

她是不是愛麗絲？否則誰又是愛麗絲？
（是不是有這種可能，她既是愛麗絲，她又可以到洞裏、冒險。）
如此問題便出在：
到誰的洞裏？

3

她的情愛果眞是一場驚天動地的大災難？

她在一家五星旅館叫「蘭」這樣美麗的餐廳吃飯。飯局即將結束突然行動電話響起。

我是方華。

一如她永遠的開場。

全然不曾料到會是她的電話，乍然間聽到她的聲音，林雲淵本能的問：

妳在那裏？

她出聲先於方華講任何話前，對方也在講話，重疊的話語可聽出方華也在問：

妳在那裏？

方華說她已經喝醉了，給了一個奇特的她從未曾聽聞過街道的住址。

離開地下室停車場，林雲淵才赫然發現，外面正下著雨，而那雨眞的是整片整幕的從天空傾倒下來。

她從來還很少在那麼大的雨中開車，而且是找尋一個奇特的她從未曾聽聞過的街道，雖然方華給了大致的方向，但一切畢竟仍不清楚。

那車窗外的大雨如此迅猛，撲天蓋地的沖灌下來，仿若要以雨勢將車子拘限、阻隔在原地，難以稍越一步。從擋風玻璃望出去，只有水，整片整片的水，淋落在玻璃上，未及流下另一波又接著上來。

一如車子行駛在海水的浪與浪之間。

林雲淵在基本上不見前方路況中，只有循著都市有的燈光前行。那燈，不管是夜深尚未關閉的霓虹燈、僅有的遠距離尚存的路燈，或是前方不遠處的車子尾燈，熒熒的在大雨中孤寒的閃爍。

那片刻中林雲淵突來的感到，在這有若宇宙洪荒的大洪水中，如果於大劫難倖存下來的，不是神話中的一男一女，如果倖存下來的，是她和她。

（她方得如此千辛萬苦的前去找尋她。）

那麼，豈不是人類的歷史都得從頭改寫。

（或者，尚有人類的歷史嗎？）

較預定的時間慢了大半個小時，林雲淵終於到抵。那街道也並非那麼難找。

她看到在一家小pub裏的方華。

她是在那有若宇宙洪荒大雨裏終於找到了那pub與方華，稍後林雲淵還必得知曉，倖存的，不是只有她和她。

發生了什麼事呢？

那永恆故事裏的永遠的另外的女人：

她

是安雅嗎?!

（也可以是她們。）

是不是安雅不重要，不是安雅也會是另個她，她、她、她……

另外的女人。

她、她們。

那晚上終不敵因雲雨帶帶來突如其來的豪大雨，照明城市的電力長時間的中斷。島嶼原就位處颱風與地震帶，強風豪雨的巨颱威力幾近乎每年必臨這位處太平洋的小島。卻是一直要到隔天，林雲淵方知道，一夜不曾間斷的大雨也可帶來如此慘重災情。

那城市有大半淹泡在水裏。

百年難見的豪大雨帶來難以料想的災害，雨眞的能推倒電線桿拔除巨木崩塌路面，豪雨帶來水災沖倒屋宅橋樑，土石流淹沒原是盆地的城市整個臨山地區。許多人是死了，城市基礎建設損毀財物損失難以數計。

林雲淵深夜回家，亦因停電時間過長連備用電力都耗盡，大樓連電梯都停止運行。不曾爬樓梯上到二十三樓，只有蜷縮在車後座昏昏睡去到天光。

然災後是夜她從高樓客廳看隔著河流對岸逐漸回復的點點燈光，竟有著一種奇特的平靜與安寧，災後說不出的寧靜，一切似乎都在訴說著：

最壞的既已發生，一切又還能再怎樣？

安雅之二

「雲姊姊……」安雅常喜歡朝她走來，直直的將整個前胸往她身上貼來。

林雲淵高度不及安雅，不致到胸乳對著胸乳互貼，然安雅較高的高度硬是將一對乳房擠上林雲淵胸頸。先是明顯感到兩大團肉球，彈性良好執拗的不肯因貼近而被擠壓，但隨著安雅纖長的手臂緊抱著她，再緊實的乳房都有了壓迫，方稍退讓下去，扁了些。

林雲淵這才感到托住包覆安雅雙乳的胸罩鋼圈，清清楚楚兩彎半圓細鋼條。

「果眞是『記形』鋼圈，不會錯失。」

她記得她的胸部。

然而安雅談她的愛情。

她在一場酣熟的午睡中有著情色的迷夢。

一個女人，應該是安雅，看不清臉面，然感覺中如此嬌弱且艷色的美貌，眞的讓她眼睛一亮。

另一個當然是方華，本就身體瘦長勻稱雙腿健長好看的方華，與這樣貌美的女子，有著豐胸細腰肥臀凹凸有致的全然成熟的女人胴體，兩人在床上，啊！會是怎樣動人的畫面。

那女人圓熟豐滿的胸前乳房，在方華純屬女人細、但極長的大手裏（絕對不是男人的手，再纖細的男人的手，都不是這種細緻方式），會是怎樣異色的情挑！

那交頸的兩張臉，是啊！粉臉，只有同屬女人的臉有這種細緻的膚質，俏麗的臉蛋紅艷的唇，再怎樣濃都不顯粗的眉，水光瀲灩的明眸。

而沒有喉結的脖子，細長的粉頸因而能直彎延到胸前乳房、甚且肩臂處的柔和線條，再到腰身，以及，陷落的芳草幽谷。

交纏的雙腿間因爲沒有異物凸起，兩人的身長又相似，長恥毛的陰部便緊密的貼緊、磨壓旋轉。

是這樣美麗的情色，讓她對那貌美的女子不知爲何了無嫉意。

她也想加入其中？

是的，沒錯，她們三個人在一起。

可是她如何加入呢！

會是方華的示意，還是安雅的要求。原就糾纏在一起的彼此的胴體，方華健長的腿探入壓著安雅細腰及順勢而下的水草豐茂幽谷……

那麼她的手也能撫弄安雅那美麗胴體的高聳乳房，方華平躺下來後幾乎也是平坦的胸。當然還有，誰願意被進入／願意如何被進入的下體。

啊！如果她們三個有一般的男人在其中，只有一個陽具究竟要插入哪個女體，方不致引起女人間的嫉妒？而如果有兩個陽具，男人間會不會競相想要進入那唯一的女體？便於是在這樣一場情色權力平衡中——

三個「女人」呢？

方華、安雅、與她。

她們三個沒有人有突出的陽具，也無須在三者之間爭那唯一（唯一的陽具、唯一的陰戶）。她們三個擁有基本上同樣的胸乳陰戶，不同之處更利於辨別嬉玩把弄……

會不會因此較少嫉意、較少競爭、較少操控……

林雲淵之二

她爲什麼對安雅幾乎全無怨恨、嫉妒？即便她明知是安雅奪取了她可能的愛。

林雲淵直覺的感到，是因著她以爲安雅與她不同：

她們並非同樣的「女人」，她們無從比較。

（然她和安雅有著同樣的女人的身體，也共同沒有障礙的接受了這樣的女人身體，且她們同樣的要求被進入。

那麼，之於林雲淵，「不同」來自於被進入的不同？她一向被進入的是男人的陽具，而安雅是女人的手？

她們的所愛不同？

可是如果於今她愛的也是一個女子，方華。她，林雲淵，還和安雅有所不同嗎？

會不會因而等待的，是自身也完成了那情愛終極的儀式：與一女子有了性愛關聯，如此，方使她與安雅不再「不同」？

是不是也因此在這一場情色的迷夢中，她才能不僅不嫉妒還渴想著安雅也在其中，安雅於她便不只是一種接引，讓她能無所障礙的與方華進行屬於她與女子之間的第一場性愛。）

然即便於這樣情色的迷夢中，林雲淵都知曉自己該做的，她心思離開，再下去只有使自己受到傷害。如若只到此爲止，這一切都還會是一場美麗的邂逅（畢竟並不曾眞正發生什麼），一切尙在安全能接受的範圍。

蓄意不見方華，突如其來的斷絕帶來哀傷，她知道這哀傷只是一陣，過了後就消逝。且這一回不是那明顯摧折心胸的痛，而是一種潛伏的不能明言的東西，連她自己都不能清楚。

在那年夏天特別多雨的夜雨晚上，平添了些許哀愁。

她有著淡淡的安靜。那情愛終似也過去。

她以後會笑笑的說：爲了一場連接吻都沒有過的愛情，居然還會傷心，簡直像不解世事時的初戀啊！

（果眞是一場初戀?!在某個意義上來說。她的第一次?!）

變奏

安雅之變奏

林雲淵承認，從介紹她們認識的廣告圈朋友處，得知安雅剛拿掉一個孩子時，來到心中的第一個念頭是：

如果方華知曉會如何？

一直有這樣的說笑方式流傳：

關於「女性——運動」這類的會議，懷孕七八個月已然大腹便便的異性戀女性學者，研究的範疇與女同性戀有關，應邀出席一場在座絕大部份是女同志的討論會。

所有在場的女人都看到她懷孕明顯凸出的大肚子，然所有的女人（包括少數異性戀女人）都假裝那大肚子不存在。

當然不會有如其他場合，女人們看到她的大肚子親切的過來招呼：幾個月了、是男是女、預產期、懷孕還順利、是否要剖腹生產……

也不會有女人前來談孕婦經、接下來的育兒經、媽媽經……

更不會有女人上前摸摸她的肚子、看看孩子是否在動，誇張一點的還將頭輕倚在肚子上要聽胎音……

因著那大肚子（放心，尚不是個會尖叫、到處亂跑的小討厭），形成一個溫暖關愛和樂母愛的女性聯盟。

特別如果在這類「女性——運動」的會議，「男人」這時候是不在場、不存在的。

可是這一回，不存在的並非男人，而是那大肚子。

它必需不在場、不存在，甚且不被看到。

因爲，那突出佔去幾倍空間、致使懷孕的女人搖搖擺擺走起路來像鴨子的可笑的大肚子，膽大包天的宣示著：

這是給男人幹的結果。

（誰說不在場的只有共產國家的鬥爭失敗者，方在檔案照片中被塗銷不見。

那著名的只剩下被處決者的一頂帽子戴在當權者的光頭上，以當時的照相科技尚無法去除。

在這裡不被看到的，還有那大肚子。）

可是如果不是大肚子，而是一個被拿掉的孩子——特別是在安雅的子宮內被拿掉的孩子？

林雲淵無端的覺得不潔。

便不再是只有不同的手、不同女人的手，儘管可能是夜夜裏不同的女人的手，無論如何較男人的手纖細些，也會較男人的手細緻些，撫過安雅細白的皮肉，進出安雅衣物盡除的赤裸胴體。

而是男人陽具（次次不同的男人陽具？）穿插進入安雅這一副豐胸細腰肥臀凹凸有致的全然成熟的女人胴體。

不知為何讓林雲淵覺得不安。

（難道這艷色的胴體不能同時為女人的手、男人的陽具——進出？

差別會不會只在當女人的手進入，那上一次方為男人陽具進入的內裏還遍流著腥膻的精液。

那精液明顯的異味濃重，濕黏答答像令人作嘔的鼻涕，然它的滑潤會有助於女人不能分泌體液的手，進出?!

於安雅艷色的胴體內本就是一種互補。

可是如果先進來的是女人的手，接著方是男人的陽具，那麼，經過女人的手搔耙過的，會不會是最好的前戲，讓男人陽具的進入達到意想不到的極致高潮，那從未曾到臨的極樂？

安雅難道不可以希望、要求，最好能擁有女人、男人；女人的手、男人的陽具。）

啊！這難道不也是林雲淵（或其他女人）的渴慾？

躺下來的自身舒適的斜倚在強壯有力的男人懷裏，可以伸出一隻手去握住把玩那挺立的陽具，另一隻手撫摸臨靠過來女人的豐乳，柔、軟、富彈性的雙峰是始自童小時即夢寐以求的玩具，將整個口、鼻、唇覆在因從上壓下而更顯碩大的雙乳間，甜蜜香氣漾然的窒息。

吻遍自體全身的，便是女人更柔軟的雙唇，和男人帶硬毛渣的臉面。

而觸著自身陰蒂的是那女人同樣也有的陰蒂，廝磨，那最細緻敏感的所在。不要說是手（男人的手、女人的手）過於粗糙，連雙方的唇，甚且龜頭，都還不夠細膩。

能相互彼此壓擠廝磨纏綿直至天荒地老的——

只有彼此都有的：

陰蒂。

無可取代。

無可取代的會不會還有那女人在陰道內能轉彎的手指，男人天然的硬中帶柔，與自體陰道做著一種你消我長、你硬我鬆、你大我寬的互動互利的陽具。

如此，林雲淵是否還要感到不安和不潔？

然會不會這根本並非林雲淵所欲求，在那片時片刻，林雲淵要的是方華，只有方華。

她因而感到不潔的不只爲自己，還爲著方華。

這會不會又是個魔鏡與公主的故事？

只這回連「誰是最美麗的女人」的問題都無須問出。追殺的刺客已然派出。

最利的刀刃是：

子宮內被拿掉的胎兒。

果眞公主已不再純潔，是否是最美麗的女人已然不再是問題，連問都無須問出。

安雅、方華、林雲淵之變奏

如若最後魔鏡回答的並非安雅、方華和林雲淵誰才是最美麗的女人，而是顯現出三個女人都曾自她們的子宮內取出未成形的胎兒。

故事會不會重寫？

她們有相同的女性身體，也就是說，安雅、方華和林雲淵都具備有隆起的乳房、陰道、子宮這樣的女性性徵。她們懷孕要墮胎，同樣都要臀部被抬高，雙腿全然張開成大字，雙腳踏在冰冷的踏板上。

這樣全然張開下體，據說令所有的女子（有這樣身體的）憎恨嫌惡不安不快……

……

而且覺得羞辱。

（羞辱來自被張開、看到？被陌生的男人，即便是醫生。那麼女醫生會不會因而是安雅、方華、林雲淵共同有的最好的選擇！）

在最早期還未有吸取式的墮胎方式前，林雲淵於做社會工作中見過叫「子宮搔耙術」的手術，躺著的女人只有半身麻醉意識清醒，醫生將下體張開的女人陰部用器械擴大，伸入器具眞正是從子宮內挖出血、肉塊，組織，大了些的胎兒據說連胎毛、挖斷了的小手腳、挖殘了的半邊頭顱都可見。

然後到了吸取方式，全身麻醉，醒過來手術完成。

那被取出的胎兒是可以長大出生成爲一個生命，就在她們的子宮裏，拿掉了呢？

於林雲淵，捨、不捨會因狀況而異，男人是否所愛是關鍵？

而於安雅呢？那男人是否所愛，也許並非絕對重要。那男人是否必需、唯一，方影響著觀感？

可是如果是方華呢？

只與女人在一起的方華，怎會與男人做愛，還懷了孕呢！

是年少無知，是好奇，是想對什麼是「男人」有所瞭解，是爲了學習「男人」的做愛技巧以滿足女人……

總之，方華也懷孕得墮胎。

那從方華「亦有的子宮」內取出「亦可懷有的胎兒」，於方華，會不會只是種——如釋重擔。

而如若事實是魔鏡的回答顯現出三個女子都曾自她們的子宮內取出未成形的胎兒。

故事會不會重寫?!

而重寫的故事裏，方華一定會自問：

究竟安雅與男人發生性關係（還懷了孕）讓她更難接受？

還是，安雅與別的女人發生性關係（不會懷孕）更讓她難接受？

方華一定明白，男人是她想要做的但自己畢竟不是男人，她與男人基本上無從競爭，也因而傷害會較小？

然安雅的別的女人與自己一樣，是可競爭的對象，傷害因而會較大？

還是，她會和林雲淵一樣，對安雅與男人發生性關係（還懷了孕），是一種褻瀆與被侵犯，感到不潔並全然不可原諒？

林雲淵之變奏

她在那盛宴中可說飛奔離去的前去找她。

是喝多的香檳，本就激起被壓抑的對方華的想望；還是昂貴的五大酒莊的名酒，讓林雲淵驚覺主人對她可能有的意思？

方使她飛奔向她？

Herman被所屬電腦公司派到上海作暫時性的支援，林雲淵本可隨同前往，可是稍作考慮還是留下，爲著的當然是心中的不捨。

沒有林雲淵在身邊，上海又是著名的台商玩樂天堂，朋友間玩笑性質的預言，不出一、兩個月，Herman一定被上海妹妹把走。

依太多台商前進中國的經驗，沒有人對這樣分離兩地的關係看好。沒有婚姻維繫，兩人更容易各奔前程，或至少各有發展，都會裹這類的故事每天發生。

台北也不例外。

不同的或是，在這亞熱帶島嶼名喚「中華民國」的首善之都，男友不在身邊的女人、離過婚的女人，一直被認爲一定飢渴難當，恍若誰都可以乘機撈上一把。

便是於那郊外別墅的盛宴，過去期待過多少次方華偶會打來，如今不再期待，卻乍然間聽到她的聲音。

她立時飛奔向她。

主人的司機載她下山，黑色的巨大房車每每令她有在棺木裏的感覺，那個夏日夜晚，不知怎地讓她更加充滿不安。林雲淵也不想司機載她到目的地，到了以爲可以叫得到計程車的地方，打發走司機。

沒等到計程車卻來了一部郊區小巴公車，林雲淵也不曾多加詢問（問了也不會知道，她從來少有機會搭公車）。跳上公車，竟有著一種充滿冒險犯難的野趣。

終來到方華吃飯的餐廳，原是舊時反對運動人士愛聚集的所在。有著對舊日台灣鄉愁式的懷舊，角落裏擺著農業社會家中盛水的粗陶大水缸，牆上掛著農夫們雨天穿的棕衣，耕田的牛犁在進門處極爲顯眼。

台灣被稱許的民主化後，反對運動人士成爲執政黨，過往被抓被囚禁的悲情不再，也無須聚集在此唱「黃昏的故鄉」，生意明顯的清淡許多。

林雲淵一進門，即看到圍坐喝酒的一桌人。自那淹沒大半個城市的成災豪雨後，許久以來再次見到方華。

她在方華身邊坐下，那種台灣早期農業時代的「椅條」，沒有靠背的木質長條椅，久坐了不知爲何總讓她覺得暈眩，是因著缺乏靠背的依靠與安全？

一桌人吃飯喧鬧，她們不曾單獨講話。那飯局已殘，也不曾延久到她們習慣久未見面的彼此，一夥人即磕磕碰碰站起來說再見。

方華便要離去。

她才提議方華送她回家。

走在盛夏的台北市，有風，暑熱但至少不會如焚似烤。她們穿越了一個路口，在未到抵第二個路口，即停下來。她們最後的目的原來是要回到林雲淵的家，林雲淵要方華送她。

那夜裏她們穿行在那首善之都，那城市以它的歷史和過去的痕跡，在在提供了都市裏情愛的另類空間和可能。

那城市第一次以如此清確的面貌出現在林雲淵的心中。

然她們始終不曾到抵終點回到她的家。她們第一個停下的是一家滿是蝴蝶蘭的咖啡館。

進入了林雲淵感覺中的「中繼站」。

（那「中繼站」原是用來稱呼未婚媽媽、逃家少女、被虐婦女的「中途之家」，林雲淵在工作的基金會常用到，那夜裏來到心中會是這稱呼，連她自己都感到奇特。）

咖啡館隸屬於「台糖」，那戒嚴時代才有的屬於國家的糖業專賣機構，方有自家種的蝴蝶蘭如此不計成本的鋪滿店裏，深紫淺紫粉色白色黃色桃色，一枝一叢的盛開。更不用講那亮麗花瓣上閃著螢光的桃紅帶紫「滿天紅」。

方華在過去不會是個注意到花的人（男人通常分不出玫瑰與康乃馨？方華在這方面和他們一樣？）

所以方華看著那滿室各色蝴蝶蘭，驚奇的說：

「這些花才像女人的陰部。」

林雲淵回說海芋才像，那樣幽深而長的入口，並試圖舉Okeve畫的花為例，但一時說不出這美國女畫家的名字。

方華替她說了，方華當然知道女畫家畫的花，但還是以為這些蝴蝶蘭更像女人的陰部！

（一個又一個一枝又一枝一排又一排深紫淺紫淺褐粉色白色黃色桃色——的——

女人的陰部？

那蝴蝶蘭以人工催養，一盆裏輕易有十來枝花枝，每枝花枝標準得有十朵以上的序狀長列花朵。

因而是，一盆花是上百個女人的——陰部？）

她們走出那咖啡館要到她在那新興市區的高樓豪宅，然只繼續往前一小段距離，方華突然指著馬路邊一個不起眼的入口，說那是一家著名的Gay Bar，她以前和朋友來過。

林雲淵興起的想進去看看，方華自然同意。

（相較於是夜的目的地回家，這裏又是另一個「中繼站」。）

那夜裏她們一直沒有到抵她那位處首善之都新興地區二十三樓的家。

滿滿三層樓俱是年輕、長相端莊（還眞是好看），不見得會sissy的男孩子，本地外國人都有。這是林雲淵第一次到這自己長年居住的首善之都的Gay Bar，一時只覺得五光十色耀眼眩目，眞是快樂（Gay）得不得了。

有跳舞的舞池，由於是快舞，看不出相擁的親暱，只是肢體盡致的舞動，在這裏無須刻意無須躲藏也無須放縱，平平如常的社交玩樂，深深的打動了林雲淵。（啊！一切可以如此陽光如此欣然如此快樂，不似方華所言，女孩子們少有自己可去的地方，仍藏匿在陰暗中。）

夜深後舞池裏有一場扮裝秀，幾個女裝打扮的Drag queen，明顯的仍留有男人形樣，他們無意與人妖相較，也並非做專業的舞蹈表演，但他們的出場的確引來很大的騷動。

爲首的扮裝皇后有近一百八十公分，無可比擬的媚態，一雙較絕大多數女人長直的美腿，眞是不可方物。由於舞池不大，當他幾次舞動到方華面前時，離方華不過幾公分距離。

林雲淵眼見是夜喝了許多酒的方華，率直的露出了那樣欽羨的神色。之後林雲淵問她是否迷惑於那扮裝皇后的美色，扮裝皇后可是她慾求的對象？

方華難得露出尷尬的笑容：

那扮裝皇后的一雙美腿的確讓她想到她也有這類美腿的女朋友，但僅止於此，她不會想和她怎樣。

那麼，扮裝皇后會是她自己想要變成的對象嗎？

閃掠過方華臉面的驚慌：

一點也不會。

同樣的不安出現在當扮裝皇后們下場後仍穿著戲服進到在場的男同志中，有男同志不可置信的問扮裝皇后們眞的是男人扮的嗎？還有人說他們的雞雞長時間給悶在絲襪裏不怕悶壞了？

不知是誰笑著回說：

他們的雞雞本來就小，就算在絲襪裏悶壞了也無所謂。

而連林雲淵都感到，在場的男同志對這些以女人濃妝衣物裝扮的「男人」，明顯的保持距離不知如何對待。

幾個扮裝皇后很快退場換去一身裝扮。

（這Gay Bar或許也沒有這麼gay？）

她於郊區別墅一場有香檳與五大酒莊紅酒的晚宴中匆忙離開，爲了那突來想見她的渴望。

臨離開前她拿走了餐桌上插飾的一枝夜來香。

她們後來一起到一家Gay Bar，滿滿三層樓間俱是年輕、長相端莊（還眞是好看），不見得會sissy的男孩子，本地外國人都有。

有一個白種男人稱讚她手上的那枝香花。

站於一旁的一位本地男人，看來是這白種男人的情人，外表不僅不是那種特別易感纖細類型的，還相當粗獷，居然指著她手上的花說：

「這花叫晚香玉。」

她心中一震。

那夜裏不論是方華，還有方華的女性朋友們，沒有一個女人叫得出那夜來香的別名：晚香玉。

那花在她手中一整晚，回到家後她將它放在床上睡去。兩天後那長串的白花樣子仍在，特別是末端未開的花苞。而花串底端已張開的較細的瓣絡，則開始枯黃。

那花香息減弱，還逐漸出現花草特有的腥味，微微的。

她同時有一串玉蘭花在床上，那玉蘭花乾萎的花瓣明顯轉褐，花香濃重有著老去的枯乾味道，但不見腥味。

究竟要以哪種方式老去呢？是只有枯乾還是還帶著腥味，即便只是微微的？

她一直覺得她的愛方華是一場最後的愛。

她在那Gay Bar安靜的坐著，看方華喝酒跳舞玩樂。她知道她是坐著，安靜的等待那她對方華的激情遠去，而那或許並不需要太多的時間。

她坐著，安靜的，等待。

她要說的是那夜裏她從那裝潢豪華的山間別墅裏飛奔離去，她事實上是一步一步的走向另個世界——傳統上說的一步一步的墜向另個更非主流邊緣隱匿的世界。

林雲淵與Herman之一

出乎朋友們的預料，到上海後的Herman不僅不曾在中國「包二奶」，還經常飛回台北與林雲淵相聚。

果眞是所謂的小別重逢，還是與方華曖昧不清的關係，使林雲淵與Herman在床第間不知爲何有了許久以來少有的刺激。她讓Herman在她身上營造出種種快樂，在滿足後的倦怠中沉沉睡去，不再有奇特的夢來騷擾。

甚且在整個歡愛過程中，方華都不曾來到心中。

林雲淵想起曾在哪裏讀過的一句詩：

無夢亦無歌。
是的，無夢亦無歌。
然有著至大的歡愛與滿足。

方華之終曲

林雲淵以爲自己是在魘著的噩夢中無端的驚醒過來，然後下一刹那方聽到床頭行動電話的歌聲。可是當那事情過去，林雲淵夜裏一再爲魘著的噩夢突然整個人睜大眼睛醒過來。她便不太能確定，是夜她根本是在淺眠中聽到行動電話的歌聲。錯置的紛亂。

液晶體碧藍色的螢幕，時間是夜裏三點四十。

乍醒中仍有著意識不清的迷離，電話那頭卻先是一大聲乾嚎，如此驚惶哀慟，然後夾雜著終於到來的哭聲中，有女人的聲音撕裂的勉強叫喊：

「方華她……」

林雲淵先打電話給一一九，趕到時救護車停在方華公寓的門外，警示器已停止響叫，林雲淵心裏的最後一絲倖存的希望不再。愣怔著居然注意到車頂上警示燈仍轉動著，在深夜寂靜的巷弄裏炫亮著詭異的藍色燈彩。

安雅等在方華房間的門外，顯然害怕著不敢入內。看到林雲淵，全身撲上去緊緊抱住，差點絆倒林雲淵。

屋內穿白衣的醫護人員搖搖頭，善意顯示哀傷的輕聲說：

「在等警察來。」

警察沒有立刻到來。林雲淵在浴室裏看到仰躺在浴缸裏的方華，為了怕有他殺嫌疑，整個現場被完整的保留下來。

適度開著的溫暖的熱水仍潺潺的在流，不大的水流不曾帶來滿室氤氳水氣，一切一如方華一貫的細緻與細膩，這熱水繼續的溢出浴缸，流到瓷磚地板上，顯然帶走血污，白色的瓷磚只有清白的水，緩緩的流向稍低的出口。

全身赤裸的方華仰身躺在浴缸裏，如果不是脖頸處因不再有力氣支撐頹然歪向一旁，右手整個垂掉在浴缸外，與肩胛處亦好似已脫落，會以為方華只是洗澡中睡了過去，出聲召喚她就又會抬起頭來。

方華不會又抬起頭來，她歪向一旁的臉好似正注視著垂掉在浴缸外的右手上的切口，那傷口如此深，好似要將整隻手切斷方算數。

而林雲淵在這片刻中居然還清楚的想到，慣用左手的方華，必然以左手拿美工刀，才會如此順當的切開右手手腕。

浴缸到達滿水位且仍不斷有水溢出，方華赤裸的身體便飄浮在水中，平平的仰躺。

看著她的裸體，清白透明的水色在上搖移，像一朵青色的蓮花。由於大量失血，那水中的裸身青白削瘦，長直的一條好似溶在其中難以區分。或也因著大量失血，原在衣服下即不高的乳房又加上平躺，整片前胸平坦。水波流動搖移的水流使下身的陰毛只似一片光、暗陰影。林雲淵想：

方華終又回到她最喜歡的：十二、三歲尚未萌發女性性徵的自己的身體。

而以著這樣的身體離去，至少會是種安慰吧！

以爲會哭的，可是沒有眼淚，只是心裏空了一個大洞，乍然的落空。也不覺得害怕，林雲淵蹲跪下身，還分辨得出裙子的下襬沾到自浴缸滿出不及流走的水，潮濕的攀覆在腿上，明顯的重量，好似曳著她要直往下墜落。

有若置身於方華正在流出的血泊中。

近身低下頭才看到方華的眼睛並未全然閉上，半開的眼睛好似還在看著自己切開的右手。林雲淵本能的伸出手去要合上方華的雙眼，溫溫的是那仍流動的熱水，還是身體的溫度？還根本就是錯覺，因著在手掌心中那臉面全然的冷涼。

什麼方叫沒有生命的冷。

「安心的去吧！就此不會再有傷痛。」

林雲淵想這樣告訴方華，卻無從出口。

較警察早一步到來的是一個見過世面的中年男人，沒什麼特別的震驚與意外，表明是方華的大哥。顯然認得安雅，一看到在門口的安雅，全然不隱瞞如此嫌惡的一揮手做了送客的姿勢：

「妳請回，這裏沒妳的事。」

然後還嫌不夠，加上說：

「我們不希望再看到妳。」

林雲淵與方華的大哥對望，這大哥的眼中顯然知曉妹妹的一切，而在極短的辨識過程後，林雲淵被認可的留了下來。

那片刻林雲淵清楚的從方華大哥的眼中讀懂：

她被認爲與安雅不是一掛的。

也就是說，她並非女同志。

林雲淵留下來幫忙，她的良好各方關係與財力在方華的大哥前展現了作用，方華的大哥忙於自己的業務，從鄉下來的父母親只會流眼淚，她幾乎是爲方華籌辦了整個葬禮。也才能讓方華穿著長褲衣裝火化，選的是一套黑色的Prada，林雲淵曾笑說，Prada就是專爲像方華這樣的人設計的。

靈堂的佈置本來想用茉莉花，可是小小藏在葉叢裏的花根本不易看到，林雲淵費盡全力收集了那十二月初的野薑花。只有來自島嶼最南部，才會有夏天的野薑花在冬天仍錯置的開放。

大量白色像蝴蝶一樣的野薑花先運到她台北的家，盛盛的開了好幾個晚上，全然不見厭倦與萎落。

她不免想到的還是：

方華一逕將花比作女人的陰部。

然這樣純然白色的花，白色的野薑花，方華還能將它比作女人的陰部嗎？

葬禮後清理方華住處，方華走前丟棄掉所有與她相關的一切，不僅是她曾拍攝的一切，連她珍惜的攝影機亦不見。整個房間裏清理得乾淨整齊，雖亦留下一些抹除不了的居住生活痕跡，但似乎住過的是誰差別不大。

她就這樣整個人眞正實質上消失了。

而甚且到方華的葬禮，雖經林雲淵一再的懇求，安雅都不被允許參加。

她（不管是不是安雅），都還被視爲是一種恥辱。

即便方華已躺在棺木裏。

沒有人問詢那如許深夜裏安雅何以到方華家中，並第一個發現了方華的死亡。是方華約她前往而安雅不經心的太晚到抵，才失去救回方華的機會，還是，那夜裏安雅只是要去找方華過夜。

沒有人探問。

安雅則對方華的死有這樣的說詞：

「方華當然不是爲我而死。」她幾近乎冷酷的說：「方華只會爲自己而死。」

乍然聽聞，林雲淵吃驚的抬起頭來直視安雅。

「她就是走不下去了，這一回，就是走不下去、過不了。」

安雅冷靜的說。

「她就是走不下去了，過不了了。」

她重複。

那片刻裏，林雲淵第一次如此清楚的知覺到，方華與安雅，她們兩個人是如此相似。

是的，相似。

她們基本上屬同樣的一類。

因而方華愛著的，果眞是她自己？只有她自己?!

4

她的心空著一個洞，那洞像無底的深淵無邊的開口，怔忡著、作痛。

痛、慌永遠難以填滿的洞。

那痛永遠都在，潛行的總爬回來胸口。

痛。

何以這回有的是苦、痛，而不是悲傷？

悲傷是一種失而不可得，仍有著一顆心，即便是鮮血淋漓的傷與悲。

可苦、痛是什麼呢？

苦、痛可以是一種，一種吞下的不是眼淚，吞下的是一顆嚐起來苦苦的心。苦苦的心甚且不再鮮血淋漓，苦苦的心是一種連心都要滅絕的——眞正的絕望。

呑著在嘴裏嚐起來苦苦的心，堅困的將心硬要自細窄的咽喉一點一寸嚥下，眞正是一種可以感覺到的——痛。

看過呑自己苦的心的人?!

那痛何時才會過去？會過去嗎？

她知道自己將會有很長的一段時間，無從忘記方華。她也無能像安雅，如此確切的將方華的死歸於她自身的困境。

林雲淵不能不深深自責：當時如若不是害怕著自身會被傷害，能給方華更多的愛與支撐，或許她就不致走上如此絕路。

那方華於她，以無可取代的生命作爲代價，展現了全然未曾有過的巨大影響。

是因著方華，林雲淵知覺到自己終睜開眼睛「看到」女性。

有若經由方華的眼中，她看著她生活周遭的女子，第一次有了另一種奇特的領會。而從方華身上學習到了怎樣看女性，那與她同樣的性別突然有了全然不同的意義。

那女子們身上清楚的在顯現出她們的事蹟、活過的生活。

她過去未曾注意未曾知覺，是因著她們不是她欲求的對象，因著她與她們之間不會有情——愛——特別是性的關聯？

更不是像方華能爲著這樣不同於世人的情愛方式，突然中止短暫的生命？

如今當她們可被欲求、甚且要到遭逢死亡的強大震撼，她們方有了面貌？

什麼樣的面貌？

她可又是那畫皮的女子？會不會她在那人皮上畫的，是自身欲求的對象的一張臉？只有作爲女人的她可以在自己畫皮的臉面上，畫出同樣性別的另一張臉，因著她們基本上的形樣同質、面貌相似。

便映現出來的，女子的臉。

那畫皮的敘述裏，一直沒有任何訊息提及畫的／畫出的是一張男人的臉。

一直都是一張女人的臉。

便可以問：誰的臉？

還有，畫出的是

——誰的臉。

（如果可以是，她仍渴望是方華的臉。）

還有那鏡子。

一直有關於那鏡子的種種說法。

首先，那畫皮的女子手中是否該拿著一面鏡子？好從鏡像中看到一幅女子的臉面，再依樣畫在擺放在妝台上的面皮上。

然傳說的故事裏，那畫皮的女子無從於鏡中顯映形樣，鏡子裏不見自身影像，那畫皮的女子又根據什麼來描繪在自己的面皮上？

只有根據自己所思、所想、所要……

畫出了那永恆的女子的經典形象。

那憂傷在臉龐上會有一種最深切的印記，是眼神裏星月無輝的黯然，盈盈欲滴的淚，絕望但執拗盤踞的一種心灰意冷神情……

那畫皮的女子可曾給自己畫上一張憂傷的臉容，為了取悅那與她同在一起的人？

可是有人會需要以憂傷來取悅嗎？

那麼，是爲自己了？那畫皮的女子可會爲自己畫上一張憂傷的臉容？

憂傷的如果只在畫上的一張臉容，只於外在畫皮，不曾深入內裏，憂傷還算是憂傷嗎？

那畫皮的女子如何爲自己畫上憂傷？

啊！那畫皮的女子便會看到那眼睛，那不依附在「皮」上的眼珠，眞正要傳達絕望的哀傷與心死的眼睛，有盈盈欲滴的淚的眼睛，並非在「皮」上能任由那畫皮的女子描畫，她又如何表現憂傷?!

還是，那不屬於「皮」的眼珠，事實上恆存著那女子永遠的哀傷，甚且無須描畫，已然永恆的存有。

如此，那畫皮的女子，能描繪的，只是一張剝離起來不見眼珠的臉皮，那畫皮女子能描畫的眼，有眉、上下眼睫，但沒有眼珠，那靈動迴轉、千姿百態欲說還休的——憂傷的眼睛。

畫皮的女子能描畫的，終只是一張皮。

然而她的哀傷事實上在她的內裏，亙古的存有。

那畫皮的女子於是拿起筆來，一筆一劃的在她畫的臉容上塗銷。最容易塗去的，便先是眉，接下來的上、下眼睫。高起的鼻子不容易銷去，得多塗幾筆。最後最難塗銷的，是唇。先前爲了展現紅色的朱唇，曾如許努力的著色，如今，得先化去色澤，再能一點一滴的塗失銷除整個紅唇，那所有愛慾的所在。

終至，那畫皮的女子爲自己畫上一張憂傷的臉容：

——一張沒有眉眼、沒有鼻子、沒有口唇的臉。

一張沒有臉容的臉。
憂傷。

三章　丁凱瑞

1

是方華介紹認識了丁凱瑞。

坐著的林雲淵看到被喚到眼前的丁凱瑞，因著得抬起頭來看她，有剎那間，眞為那光耀亮眼的形樣所炫惑。

那樣燦爛無瑕的青春美麗！

雖然方華在介紹時即以著一副特別的語氣，帶著「給妳看看妳才知道」的神情。但出現這樣一位幾近乎完美的人兒，她仍感到那不可逼視的震撼。

林雲淵會意方華要說的是：

「給妳看看妳才知道我們有這麼好看的人。」

是的，好看，丁凱瑞較方華高，而且高不少，她有一百七十幾公分，顯然的較方華茁壯，挺立的身材、寬肩細腰窄臀、長而直的腿。臉上五官分明，濃眉大眼高鼻線條優美的唇，眞正的俊美。

丁凱瑞不似方華有其秀致之處，她是一種女子裏陽性的美，美得理直氣壯、光彩奪目。而且因爲才二十幾歲，十分年輕人的裝扮，寬大到整個上半身藏匿其中的T恤，落到臀下褲襠的長褲。

她如此自在自然，性別對她顯然不是問題。

她會豪氣十足的說，有一次在一個女同志酒吧，聽到一些T在談女人，把女人講得十分不堪，口氣簡直和男人完全一樣。

「我告訴她們，女孩子爲什麼要背著那麼大的社會壓力和她們在一起，就是爲了不會受到男人的傷害。」丁凱瑞理直的轉述：「可是如今她們所作所爲比男人還更像壞男人，怎麼可以怪女孩子落跑。」

她還會大剌剌的說：

「台灣有百分之七十的T，學的都是男人，不會做自己。可是人家Gay，有自己的風格，了不起夾著屁股走路，但也不會學女人。」

接下來說時逗笑了所有人：

「這些鐵T，學男人學得這樣，做愛還不敢脫下衣服，說是不能看到自己的身體。」

林雲淵喜歡她那樣無懼的開朗與青春，特別感動於丁凱瑞從擺地攤賣小飾品，如今進而到西門町與朋友共同經營一處小小的店面，正努力存錢想爲自己買個小小的家。

是直到識得丁凱瑞，方填補起了安雅與方華之間的關係。

她們三個，丁凱瑞、安雅與方華。

故事當然源起於愛情，曾做過安雅拍攝廣告的平面攝影師，安雅與方華在收工的當夜，即在安雅住處那張帳幔深垂的公主式大床上發生了關係。

一開始總有一段甜蜜的時光，她們在兩人的住家四處無止無盡的歡愛，甚且在深夜的樓梯間。

安雅搬進來住一起後，方華發現了什麼是安雅對愛的渴望。

安雅之一

安雅抬起她脆弱嬌麗的巴掌大臉龐，承睫的淚光閃爍，渙散的眼神中有絕對的痴迷，微啓的紅唇笑靨哀愁。

曾經有一度，安雅說，她歷經這樣的愛情。

那情愛到來時，她唯一的慾念是死。

因著那情愛幾要讓她發狂。

她最深的慾念是死。

方得以掙脫，也方是一種圓滿。

一切都不要只要愛情的安雅，因而會在方華開工作會議的期間，要方華放下一切，陪她以電話聊一、兩個小時，因著她心情不佳，或她在模特兒圈裏沒有得到該有的發展。

（方華還得多接Case，以維持她要的生活。）

沒有人眞正懂得欣賞善用這脆弱嬌麗深具才華的安雅。

她只有承睫的淚光閃爍，渙散的眼神中有絕對的痴迷，微啓的紅唇笑靨哀愁。

之後方華發現，安雅儘管談說間只談自己的愛情，從她的初戀女友到各式愛她的人，方華卻不曾看過這些愛人們還與安雅有任何最微小的關聯。偶有機會方華與安雅一起時，見到一兩個安雅過去的愛人，多年之後兩人之間的彼此敵視與仇恨，仍讓方華驚心。

初與安雅在一起時，方華曾親自歷經陪同安雅到醫院去探望她剛自殺的前女友。急診室病床前，正照顧剛救回來的妹妹、一個看來十分樸實的家庭主婦的姊姊，一看到安雅前來，突然在安雅面前雙膝併攏跪地：

「放過我妹妹吧！」四十幾歲的中年主婦那般絕望的哀嚎：「求求妳，放過我妹妹吧！我求求妳，放過她，我就這麼一個妹妹，妳不要再害她，下一次她會被妳害死的……」

方華不曾也不敢看清那病床上躺著渾身插管的人的形樣，匆匆奪門而出甚且不曾顧及一旁的安雅。

正戀愛中的方華之後很容易的接受了安雅的解釋，那前女友只不過是：

「她就是走不下去了，這一回，就是走不下去、過不了。」

及至臨到自己身上，方華才又回想那姊姊如此淒厲的跪地求情。

兩人住在一起後，方華怎想得到安雅會有這樣暴烈的脾氣，基本上是軟硬不吃，好言好語低聲下氣或惡聲相對都不成。

只要覺得自己沒有得到足夠的愛與關照——方華居然假日偷懶睡覺不起來陪她吃精心做的早餐，方華與別的女孩子聊天太久，和朋友出去玩方華不曾顧及到她的感受……

安雅爆發不滿，指責與眼淚，再用她那一副一百六十八公分，豐胸細腰肥臀凹凸有致的全然成熟的女人胴體，在床第間和好。

久了後即便她脆弱的美顏仍嬌麗惹人憐愛，她承睫的淚光閃爍，渙散的眼神中有絕對的痴迷，微啓的紅唇笑靨哀愁，方華也在外面另有了別的女人。

安雅用盡了所有的手段：

她心臟不好受不了刺激。

在爆發的激情中她以手重擊自己的頭，再以身體去撞牆。

她威脅要自殺。

盛怒中她出手打方華，以她較方華高、她做模特兒受的肢體訓練，方華還不會是她的對手。

方華要在極端恐怖中發現，那情愛過去時，是她們都不再想解釋時。

當還要解釋意指著還希圖要維持自身在對方心中的形象，而如果連解釋都不再想解釋……

她感到極端的恐懼，從來未曾有的怖顫。

她對與安雅之間不再感到「如意」、「平安」、「順利」、「可能」等等這些平順發展、將有好的結果的字眼。因爲每當她（或者說只要她）一對她們的將來（或只是明天）有任何憧憬，她立即要接受到最嚴厲的挫折與打擊。那力道之猛與傷害之大，讓她眞的心存恐懼。

她是在第幾次這種大逆轉後方學會不再企盼？

是那一次與安雅吵架後要離去，她剛步出電梯，就被從樓梯間衝下來的安雅從身後突襲，倒在地上，暴怒中的安雅居然有力氣將她從地上扛起，兩人拉扯著一起跌坐在電梯內，她也還記得自己控制不住的從後面猛打安雅。

她生平第一次打女人。

或者是，爲了試圖離開，她認識了其他人，安雅得知後，到她的住處，放了一把火將她心愛的名牌服飾全都燒毀，還差點引發一場火災。

表面上切斷這一切糾纏的是丁凱瑞的出現。如陽光燦爛耀眼的丁凱瑞，立時吸引了安雅的全數注意，也帶來方華的災難。

一次是只想與安雅閒話一下，提及丁凱瑞，安雅暴烈的反應讓她們有了十分嚴重的衝突。安雅稱是方華有意要藉此試探她，如果方華愛她就該全然相信她。

方華果眞完全相信她，也像所有的情人一樣，最後一個知道安雅與丁凱瑞的戀情。雖然丁凱瑞在得知方華的狀況後能立時絕然的離去，但不是丁凱瑞也會是另外別的人：

男人與女人。

於安雅位處那首善之都邊緣的住處，白日小巷弄擁擠吵雜，深夜無人裏荒敗蕪亂，騎著機車在安雅門口處徘徊環繞一圈圈不能止息的，是方華。

她等深夜未歸家的安雅。

而那首善之都的台北市，暗夜裏最深沉的黑暗方將要到來。霓虹燈將要關滅、閃爍的招牌將要止息、大樓的燈光將要消逝的都市的全面暗夜，方即將要到來。

「妳會不會偶爾還給我打電話？」絕望中方華問。

「妳這是什麼問題？」安雅回答。

她們一樣是女子，彼此太過知道女人的細緻、細膩與可以有的心機和手段，是這樣知心的瞭解使方華可以如此深陷其中的愛，也知道安雅可以回報的傷害。

方華過去也不是不曾如此的傷過別的女人的心：

「妳會不會偶爾還給我打電話？」

「妳這是什麼問題？」

永遠的模稜兩可，永遠的不確定。往好處說是不要做得太絕，不要拒絕得太過殘忍，可是也永遠的將對方虛懸在那裏，而無從安置的心最易投注更多的激烈情愛。

方華不是不知道，可是她太過深陷其中無能爲力。

方華最後發現，那吸引她迷惑她讓她百思不得其解，並讓她一步一步跨入對安雅狂亂的愛戀的所謂「安雅奇特的行徑」，事實上只來自安雅缺乏對部份現實的掌握能力。

（是的，安雅的嬌弱與艷色，這般薄弱易碎的美麗方式，那不食人間煙火、空靈脆弱的巴掌大小美顏的虛幻的神情。

她脆弱、空幻的美顏來自的，只是缺乏全然認知現實的能力。

如此而已。）

並非一定得是怎樣複雜、難以掌握的受傷的心靈。

方華深深的呼出一口氣。

臨上方華心頭另個思緒：

而如果，如果，正是那缺乏認知現實的能力，造成了安雅獨特的行徑與迷魅的能力，她又如何能擁有她與她在一起？

方華抱住頭，不敢再細想。

而逃避到嗑藥的方華，開始出現自毀自殺的舉動。對方華而言，刀子下落在身上造成的痛，遠遠不及心口的痛。

直到林雲淵的出現，鼓勵並關懷她。

2

方華回過頭來找她，向她表示愛的可能，林雲淵發現自己無能力抗拒。

依方華的說詞，她早知道與安雅彼此間並不適合，那首善之都台北大淹水的夜裏，喝得爛醉帶安雅回家，因爲過去的關係，兩人習慣性的做了愛，之後也沒再聯絡。

林雲淵立時接納了她。

她看著電視畫面上男女主角激烈的在擁吻，她發現她周遭一般的生活環境裏全然看不到女人之間的情愛。電視畫面上只有男人與女人明顯的做愛前的熱情動作。

卻是突然閃逝過眼前（眞的有如她可見這樣的畫面）：那擁吻眞的可以、會一個是方華，一個是她。

因而方華是那男主角而她是那女主角？

下一瞬間她憶起了影片中男主角說過的關於女主角的香水。方華才是那常擦香水的人，那麼方華是那女子？

她便必得是那男人？

多奇特的可能！有片刻她不能自禁的沉醉在那畫面上易位的方華和她，而至心中充滿甜蜜的激盪。

而如果，她看到的畫面是兩個女人的擁吻，是不是會有更甚的心中激盪？她會想到方華和她嗎？她會把兩個女人想像誰是方華誰是她呢？還是亦可以易位與轉換？

可否有一定、常有的想像模式？

（兩個女人的擁吻！）

兩個女人做愛呢？

（她們很愛相約去吃冰，亞熱帶的島嶼，吃冰一直是女子之間的一種互通聲息的方式。紅豆冰四果冰，從藏在蓬鬆白雪似的冰裏挖出一顆紅色的果子，紅豆還有大的紅豆和小的紅豆，大紅豆略彎延，兩粒相向排列，中央便有道狹長的開口，可容得下一粒小紅豆。

互相推讓著，尤其是最後那幾粒紅豆，從冰雪堆裏挖出來，送向另個口唇，是舔舐了，再送回來。

經雙方舔舐過了，然都還不忍挑破那薄薄的一層外膜，而期待著，那紅豆膜破裂後蜜過的綿沙一樣的豆泥，在唇裏舌尖是化開來最甜美的沾染，四處到底的極樂，長時間停留的永遠歡快。

再配上一口冰，嗯！「透心」，直穿到心的最深處。

挑破紅豆膜裏的豆泥，即便少去了那一層鮮紅色的薄膜，裏面的豆泥也一樣的紅。）

是啊！無須有懷孕的負擔，月經來時她們也做愛。如果不做，兩人月經來的時間不一致，一個月裏妳的月經、我的月經加起來可以去掉半個月，還有多少歡愛的可能？

當她的月經來時，她自問她會願意「幫她」——她的手探入她的陰道，出來時沾染大量紅血，甚至凝聚且色深的血塊。

她想自己會願意。她的手進出她的陰道帶出量不少的經血，沾滿她的手指、甚且手掌，也會是另種異色的刺激。

畢竟是男人所無。

方華之一

她發現方華逐漸但明顯的轉變，沉穩下來的方華慢慢的放下了她過去外表上學來的一些男子的姿態：坐下來像男子雙腿大大張開，一些虛假矯飾誇大的手的動作，方華對自己的身體有更多自如和自信。

感覺中，方華回到了更多女性的部份。

方華甚且開始收集自己作品，想要做一個小小的個展。她不讓任何人先看到這些作品，甚至林雲淵收理遺物都發現，方華走前清理掉所有一切。

（沒有人知道方華曾拍攝過什麼，除了爲工作謀生拍的照片。）

然而很快的，林雲淵發現只要安雅一出現，方華不可自己的又回頭去找她，而一切便回到原點重複又重複。方華也不再是那「我講的都是眞話」的人，爲了維持住兩邊的關係，她開始編造理由與藉口。

林雲淵於是會意到，方華那樣流蕩的、不安的心。

（或者，安雅會不會只是另一種藉口？如果不是安雅，也會是別的女人？）

而外表形樣逐漸偏向女性的方華，對她欲求的女子那樣來自於本能的強烈愛慾，使林雲淵深刻感到：

她愛的的確是女人，而且只有女人。

這心的追逐，會將方華帶往何方？

安雅的重新介入讓林雲淵感到被傷害，在與方華的談話中便不能自止的話中帶刺、彼此抗衡，好似不如此刀光劍影不見血的廝殺一番，不能宣示自己的尊嚴與驕傲好勢均力敵。

然後好似十分有默契的，好似她們不安的心眞有著相互騷擾對方的能力，她們的波長果眞有著共謀的能力。

她們可是那拿著光劍的武士？看似無有實體的劍身，事實上刀刀見血刀刀致命！

許久沒有來如此疼痛的月經，而且是在與方華的關係進入一種微妙的變化的時候。便有若的是與方華之間的艱困情愛促使了這次月經，而且來得如此疼痛，整個翻轉了她似的。

也是記憶中最兇猛的月經。

先是整日夜的頭痛腦脹眼睛痠澀，到了最後的時刻，居然是整片脊背痠痛到如同正在被撕扯，要活生生的拉斷撕裂。肌理的痛、還痛到有若所有穿梭在體內這個部位的神經都在痛。

一種暴躁的痛，痛得清楚強烈而且義無反顧。

林雲淵下定了離去的心。

關係如此複雜，即便是用手指做愛——那手指做了所有生活中的瑣事，不似性器來得隱蔽，本不至如此切身?!

都開始要讓她感到不潔。

不是一直有女同志有這樣的習性：每次出門前都要修剪好一手指甲。這作爲性器的手，如同門面觀瞻十分重要，得小心維持。

過往林雲淵一直聽聞，有關女人和女人在一起深心的相知與互愛，如今自己介入其中，才發現這缺乏社會體制認可的愛，很難得到祝福。事實上，其中的紛亂還深深讓她驚心。

她原來自己的男女關係同樣混亂，但如果不是爲追求更美好的情愛，她何需來走這一遭?!

而隨著複雜的關係連她都要對方華感到不潔——方華俯下身來逐一去舐過這許多陰戶？

林雲淵對方華身體的慾望，奇特的逐漸消退。

叫「香水百合」的花普遍爲人知悉。

林雲淵見過最大的香水百合花瓣張開足足有尺來長。那花（常見的有純白色與白中帶淡粉色），開放時會露出六條花蕚，還有中央一管長條伸出的花心。

隨著花朵綻放，那六條花蕚的花粉會長熟成長，成爲黏糊糊的褐色細粉，一摸，即黏滿一手極難去除，連顏色都持留不去，以水都無從輕易洗淨。

眞是給玷污了。

它們都濕而且黏，不管是那花心的黏液或她熟悉的精液。她自己的、還有女子們也會同她一樣有的體液。不快的黏、濕答答的滴，更糟的還會顏色混濁、有味道，腐了腥了酸了餿了——這便是要生殖的氣味？

黏熟的褐色花粉只要有媒介，風、昆蟲還只是搖動，便會四下沾染白色花瓣，整朵花像被塗污沾污一樣，一點一塊、令人不快的不乾淨沉褐色，濕黏答答。

那花瓣像張開躺下的身體，花開到這時老實說也倦累了，塌塌的鋪了下來。還被用過了的，誰、如何使用了它？手的搓、揉、摸，插，白色巨大的花瓣，像使用過沾染的衛生紙。

（或許花瓣與花粉也在相互抱怨是誰沾污了誰。）

不曾被使用過亦會是另一層倦累，更爲青蒼更爲沒有氣息。爲了避免褐色花粉的濕黏答答，將花蕚上的蕊心花粉摘除，等待不到花粉的花心，兀自釋放著量大的黏稠液體，於是展現於花瓣上一種死了的絕望，直深入瓣絡筋脈裏。

當然知道那花粉如此努力的營造散播，爲著要達到那中央的花心，而那有黏液的花心，就爲沾染這褐色花粉，好達成那生殖。

如此，究竟是誰想上到誰的身上？

她們是林雲淵、安雅、方華、丁凱瑞，究竟是誰想上到誰的身上？

而會不會有誰是錯置的？

該有花心的是林雲淵安雅，還是方華丁凱瑞？

或者，方華丁凱瑞是那六條褐色花粉，林雲淵安雅才是那花心？

還是，方華丁凱瑞是花心。方華丁凱瑞會有（當然有）的花心會是怎樣的光景？容許怎樣的進入？進入／進出？

也許，是林雲淵方華丁凱瑞是那六條褐色花粉，企圖勾住安雅的花心？

還是，終究她們都會是那六條褐色花粉，也都會是那花心。

如此，就算一起想上到彼此的身上，也還有先後、上下之分。

然她們這全然不爲生殖目的是否也是錯置？

花心，她們所有人的花心。

便是、一直是那身體與慾望，方讓「她們」如此難以割捨。

林雲淵與Herman之一

她與Herman在看一部愛情電影，才會意到她已有一段時間（而且恐怕是有相當一段時間），不曾再夢到方華。

那是當她明顯感覺心裏的紛亂、混亂在遠去後。

在過去，那夢零零碎碎的，只知道一定是夢到方華。醒後，記得不記得的，心裏總明白是她。然後不再夢到方華，更甚的是不再留意到已有一段時間不曾再夢到方華。

（那情愛果眞遠去！）

Herman即將結束在上海的支援工作，回台前有一段長假，興致的規劃與林雲淵到哪裏玩。

只林雲淵驚訝的發現，與Herman在一起，她居然要感到Herman那一堆雄偉的男性器官如此令人煩心。這東西爲什麼得如此龐大且外凸，她甚且不太願意低下口唇來觸及，每每得相當勉強才能做到。

而過往多年，它曾帶給她無盡的快樂。

那一年天氣驟然的在十一月底即轉冷，冷氣團突如其來挾帶大量水氣來襲，亞熱帶島嶼的高山上降了雪，連首善之都盆地邊緣的小山，氣溫也創下有紀錄以來的新低。

朋友們相約到山裏的溫泉旅館洗溫泉，這日本人在此殖民五十年期間開闢的溫泉旅館區，雖然絕大多數日式屋宇的旅館已拆除，改建成無甚品味的一棟棟樓房，仍有像「吟松閣」這樣保留下來日式建築庭園幽雅的所在。

林雲淵到得晚些，開著車行經彎曲的小山路，就在「吟松閣」外修剪整齊的一株老松伴著一盞石燈的入口處，看到路邊伃伃獨行的一個熟悉身影。

是方華。

林雲淵在她身邊停下車，顯然驚嚇到的方華轉過臉來，認出是林雲淵，突然毫無預警的，大顆大顆的眼淚自她黑色的眼眸溢出，那樣氾濫成災的刹那間佈滿眼眶周遭再順著雙頰滑落，臉面濡濕後，更多的淚便成顆顆串串滾下。

林雲淵第一次看到有人哭泣眞的可用「斷了線的珍珠」這樣的字眼來形容，一時愣怔，只盯著方華的臉。

臨上心的是，方華老說自己很會流汗，每一流汗就喜歡拉著林雲淵的手去觸摸她後腦短髮的髮根處，果眞是摸得到一手汗水，手指全濕。

必是體內這麼多水的會流汗，也才會有這般顆顆串串的大量淚水。怕的只是，這傳說中的「今生以淚水來還報」的說法，不知前世相欠的是何人。

林雲淵甚且不用多花心思，也猜得到安雅一定也在那溫泉旅館裏。

方華只是流著淚，並沒有哭出聲，喃喃的說了幾句對不起，林雲淵聽得出她顯然喝了很多酒。

期待著哭泣的方華會投向她的懷裏，然方華轉過身，像適才突然流淚一樣，毫無預警的朝山下跑去。跑了一、二十公尺，好似受那淚水沉重的牽絆，停下來，站在路邊。林雲淵知道她仍在哭泣。

踩動油門緩緩跟上，看著在如此寒夜方華衣衫單薄，一定是從屋內跑出來連外套都來不及穿，心中十分不忍。然林雲淵也知道這一向她一直努力的，費盡力氣勉強縫補了方華的心，只消安雅一回來糾纏，即前功盡棄。

林雲淵任方華在彎轉的山路消失了身影。這是她此生最後一次看到她。

那方華孤單的於寒夜路邊哭泣，一直存留林雲淵心中。那樣無助的孤單，天地之大無處可去無處容身也無人能靠的孤單。

甚至較往後方華自殺，不知怎的都還讓她痛心。

續曲

丁凱瑞決定要帶林雲淵回山上一趟，安雅亦執意要跟隨，丁凱瑞也就由她。

丁凱瑞安排坐飛機，到抵後住一個晚上一大早起來開車。上山得花去大半天時光，午後林間即有雲霧籠罩，有時連眼前一兩尺都無從看清路面。

果眞一離開紛鬧平地進入山區，中午過後，山林即開始陷入迷霧，那霧來的時候原就不是抽絲剝繭的絲絲縷縷，而是全面籠罩，差別只在先掩映上的霧還只是絲薄一層，然後很快的，那霧像瞬間可見的有了顏色，先是灰、深灰、然後轉爲一種稍微透明的黑色。

她們在霧濕迷離的彎轉山路間不知穿行了多久，全只靠丁凱瑞對這山路顯然相當熟悉，幾個險峻的突地大轉彎丁凱瑞都能預見，避開了面對時手忙腳亂的慌亂。

安雅一路嬌聲輕喊，顯然的害怕而非假裝。林雲淵是對丁凱瑞有絕然的信任，還是對車禍發生不再在意，在山路林間的搖晃中，淺淺的睡去。

到抵的時候林雲淵方倏地醒來，眞不知自己身處何方，丁凱瑞持著她的手帶她下車並往前走了幾步，林雲淵才發現自己站在一片高起的台地上。

因著山勢風向，這裏不見山林間的雲霧，大片潔亮的陽光遍灑，前方一座山在金色冬陽下一山黃色斑斕的秋葉，華光萬般。而腳底下一條不知名的河流蜿蜒流經，那樣彎轉的河流，讓她眞的目瞪口呆。

那河流正在台地前做了一個U字型的內彎，由高處俯看更有著一整彎水流傾洩全朝著湧流來的盛況。卻是還好在台地前轉了彎，消除了緊迫的到來壓力，又精力充沛的繼續往前奔流。

她從沒想到，從高處看一條彎轉的河流，竟是如此美麗的奇觀。

轉過身來，林雲淵才看到一群聚落，水泥和磚蓋成的平房、間也有樓房，一群孩子先於幾個老人從門裏出來，呼嘯著朝著奔來。

他們的目標是丁凱瑞，當孩子們齊聚簇擁到她身旁時，林雲淵注意到他們一致的美麗，白皙的皮膚濃眉大眼高挺的鼻梁朱紅的唇，眞正燦爛無瑕的美好麗色。

一個如此美好的人種！

許久以來第一次，林雲淵發現她的確應該暫時離開那都市。

那山間在向晚時分突然就下了一陣雨，先是雷聲，豆大的雨下來後閃電也穿行在還見得到藍色的夜空，加上鄰屋的燈光，那聳立的樟木、闊葉的芭蕉之類綠樹便株株清楚可見。

林雲淵想到第一次讓方華用摩托車載著穿行過那城市下班的車潮，也見到這樣的深藍色的夜空。可見不只有在山間向晚時分方有這樣的藍天。

方華有耐心的教她那城市的街名：ＸＸ東路便是指向東、而ＸＸ西路便是指向西……

她第一次有如此輕易的方式來記得那城市的東西南北。

可惜的是山間因著天雨，那還透亮的深藍色的夜空，很快的全沈黑了下來，墨色的天閃電飛馳、雷聲直催，那透亮的美麗便全然不見，只見陰森的恐怖的墨黑籠上。

然後就到來了山林間的雨。

她坐在屋簷下看下落的大雨，一陣猛過一陣，下完雨，山林中起了煙霧，煙霧細絲好似能有所串連，一切都柔和了起來，或甚至無須煙霧，只是水氣，山林間綠色爭長的焦綠與腥氣不再，便有了淡淡迷濛的美。

要說不曾想到她、想念她當然是假的。事實上方華的形樣與存有仍瀰漫胸懷，終日裏盈心不褪。只不再激烈的渴慾或衝撞，成一種淡淡的安靜與哀傷。

縱然不捨是一定有的，可是又能怎樣呢？那死亡催化了極致的愛，然一切又只有空留遺恨！

果眞命中注定有情無緣？

即便過後還眞會是遺恨嗎？林雲淵知道會是有的，因爲方華畢竟如此不同。方華是個女人而這是她從未曾有過的愛。

第二天傍晚天色即將轉暗，最後的一絲有色雲彩就要自遠空退盡，同樣不知來自何處，丁凱瑞牽著一個老人的手緩步來到眼前。那老人一定極老，上百歲都可能，佝僂著腰身拄著一隻較身量高出許多的枴杖，看不出是男是女的臉面上還紋飾著黥面。

老人從丁凱瑞手中接過一只小陶杯，微微笑著朝她過來。

林雲淵本能的伸手去接，並在老人的示意下喝下杯內濃綠色的液體。

從未曾嚐試過的草藥的滋味。

那變動上身的時候，情感居然是平的，平坦的一大片、一長片，綿延的展開……

這與痛無關。雖然那藥帶來重新一遍歷經的痛苦、後悔，曾做過的事說過的話，悔恨也冀望著一切如能重新來過。

那痛深切入胴體、還有心，可是那情感居然是平的，漫天漫地的蔓延，以至如此無所不在。那平的情感便有了令人窒息的更加的痛。雖然因著那草藥，她眼中出現的是一個游移、色澤紛雜的場景，每個物件都恍若在形樣四周加了幾層框架，立體感突顯在背景的黑暗中，於是物與物間距離拉長，景深出來了，整個房間因而大且飄移。

是不是也因此方使那情感成爲是平的，一大片、一長片的伸展，平的但無止無盡的——痛。

方華。

然後覺得渴睡，然後整個脖頸處痠緊，然後那感覺好似爲平撫這些，減去了痠痛，整個身體安易舒緩了下來。

趴在靠枕上，開始放下。

然後寒冷上來，從腳部，是裙子不夠包覆，還是那腳才是最易受寒的所在？然後覺得口渴，喝了水，這麼簡單的生理要求，而且，被滿足了。而其中有人靠過來，是丁凱瑞給了兩顆什麼，咬一口，是檳榔之類，吐了出來，所有從嘴裏進入的吃都無法忍受，又是最簡單的生理要求，而且，可以拒絕。

然後那感覺又上來了，這回是時間與速度，感覺在裏面泅泳、飄浮。也明白爲那失去的所愛流下眼淚，因著臉上有濕的記痕，然即便傷痛，都在那時間與速度的更異中減輕擴散飄移了。

只是痛還在。

流盪飄蕩於平緩的速度中。

然後發現身體的寒冷並非被子衣物的加蓋能消除，那片刻中居然會意到，冰冷的被子衣物全然無從增加體溫，它只能包覆，而得是自身能有熱息，方能因被包覆而和暖。

（那最後觸及浴缸裏方華臉面的冷、涼。）

可是自身全無熱息，那冷便在被子裏也撼動整個身軀，蜷曲起來手腳回到最小的身體與外接觸界面，還是冷。

要得是另個熱源，另個人，身體和溫熱的體溫，才和暖了上身的冷。

果眞有溫熱的身體環抱上來，是丁凱瑞，身上衣物盡除，以強壯暖熱的赤裸胴體在溫暖她。然隔著自身厚衣物，林雲淵感到被阻隔的熱源只透過未被包覆的臉面、手腳傳達。

還是冷，顫顫的發抖。

而對方顯然知悉，開始爲她除去身上衣物。當丁凱瑞的手觸著她裸出的身體時，她感到的居然是震動。手撫摸過身體可以成為強大震動，並傳達到躺著的床上感覺到床明顯的震動。

是丁凱瑞以手搓撫著她讓她暖熱起來，還是那手事實上在進行著最細膩的撫觸？那被無盡擴大的觸感使眼前丁凱瑞俊美的臉面在腦中映現成極快速閃動的畫面，成一層又一層的圖像出現。

終於，很欣慰於自身拙劣的感官能接受到、趕得上動感與速度。

「方華。」

她於是出聲虛幻的呼喚，即便在那最深心陷落的迷離時刻，她仍清楚知覺裸身將她置於懷中的，不是方華。

丁凱瑞顯然也知悉，只是將食指放在唇間：

噓……

林雲淵於是放心坦然的交付出身體。

多麼溫暖的人的溫度，多麼強烈的人的溫熱的感覺與銘記。

還有在旁低語撫慰的話語，是丁凱瑞在她耳畔絮絮的在述說，然說什麼並不重要……

林雲淵經歷了一種至樂。

是的，至樂。

直到加入了另外的身體，同樣暖熱但更柔軟些，從背後緊緊的環抱上來。

毫無疑問的，是安雅。

即便在歡樂的迷情中，林雲淵也知道安雅的目標是丁凱瑞，然那歡愉如此暢快，林雲淵醺然中根本不願也無暇顧及。

一切就隨緣而去吧！

而那被撞擊的感官還要再回來。

回來的是隔天，整天的昏沉，為了希圖清醒些，她在傍晚時分喝了一杯之前帶上山很濃的咖啡，怎樣都沒料到那原寄望振作的咖啡，一當進入了該仍是被草藥矇住了的腦中，便好似咖啡所有能引發刺激的，都為草藥所吸收控制，好再一次的履行藥效。

被撞擊的感官於是又回來。

它們，不管是那草藥那香菸那咖啡，事實上最後都朋比為奸的相互作用起來，於那已被暢行無阻的腦中。

而她甚且不曾懷疑這有可能是自身的幻聽與幻覺，只以為是自身的感官在催化下加強。

（然究竟什麼是幻聽與幻覺，什麼是感官加強？誰方是眞實，誰是虛幻？）

那撞擊感覺一定是打開了她腦中的某一些部份，比如思維的聯結點，比如加大或縮小了某些腦內的排列組合。

對著雲煙環繞的山林，許久以來第一次，林雲淵輕輕的微笑了起來。

也拒絕了之後那陶杯裏深綠色的汁液。

她知道自己會有的沉溺與依賴，那種順著明知道是深淵向下滑落的滅頂預知。事實上她也害怕著那隔天事後的身體種種不適，渾身倦痛著，尤其頭滿塞腫脹的疼，心情沉沉低落。得三兩天才能回復。

她也才知道何以那用藥者會在隔天繼續用藥，爲了重新履行那眞正是短暫的快樂，也爲著消去身體種種不適。

如是爲了快樂很快過去而不適可以很長，便會重複又重複，持續又持續——
用藥。
如此方沒有地獄只有天堂。
或者說，地獄尚躲在天堂後的遠處。
又或者，只消能繼續用藥，會有地獄這回事嗎？
只消能放下，放下情愛、放下生命、放下生活、放下生死、放下一切、放下、
放下、放下……
繼續用藥
便不見地獄
只有天堂。
這何嘗不是所謂涅槃，或者說，一種涅槃、涅槃之一。

（可是，即便只有天堂，會不會有天人五衰？

便是貴若君王，最昂貴的迷藥供應都不是問題，然持續用藥，即使從不間斷，身體也會出現狀況。

天人，也會有五衰，便是這極樂世界中的必然吧！）

而在人間，在一開始，這的確是用一種痛苦換取人生另一種痛、苦！

要幾次後，那痛苦、痛、苦才會消逝呢？又或者，那痛苦、痛、苦根本一直存在，在藥效與藥效之間，所以這人生的痛苦、痛、苦事實上一直存在。

如此，又何謂涅槃、一種涅槃、涅槃之一？

根本就是地獄

一直只有地獄

不見天堂。

一個星期之後，她們回到了台北。

從山裏開車出來，夜黑後方搭飛機北上，是個天氣不穩的夜，快到那首善之都台北市時，飛機緩降高度，坐窗邊的林雲淵先是看到幅員遼闊的大片燈海，璀璨亮麗，卻是霎然之間，耀亮燈海整個沉黯下來，眞像是蒙上一層陰翳，或者一層黑紗。

然奇蹟似的，在下一秒間陰翳倏地不見，燈海又現。在耀亮與暗影之間，有如地球遠從宇宙洪荒的黑暗到科幻至今綺麗的變化，就在此眼睛閉合之間達成；這高處下望的凝視，更有著好似只有目睹神蹟似的顫心感動。

然後會意是暗夜裏下雨的黑雲在低空徘徊，已下過雨的雨雲不夠籠罩全天空（誰、什麼又能籠罩全天空？）一陣一片的雨雲隨著飛機的穿越，時或置身其中時或突出重圍，方有這一明一暗的顯影。

驚嘆中，林雲淵心中有著自方華離去後不曾有過的肅穆。

安寧或就會到來。

回來是夜，她在恍惚的似睡非睡的極淺的迷離中，又經歷了那種奇特的時間位移的飄移，橫向的，她在飄移，穿越在明顯還感覺到房間臥室、卻是虛空中。

她以爲這般迷離的時間位移，一定還會再回來。她腦中的某一些部份，一定是被那撞擊感覺打開了，方容得下如此橫向的左右擺盪的位移——或者，或者本來就是：

那位移根本只發生在她腦內。

林雲淵睜開眼，發現自己安然的睡在自家臥室的床上。

很少旅行像這一次，那種平行的位移的感覺，居然讓她覺得幸福，甚且快樂的微微笑著。

是的，有多少次旅行回來，深夜中因時差斷裂的睡眠縱深裏，突然不知自己於今置身何處。乍然醒來總是一陣沒來由的慌與驚，害怕著，盡全心力要知曉自己這一回究竟身處何處，而至緊張的環顧起周遭，想尋求任何熟悉、或足以喚起記憶之事、物。

——許多次後才終會意，是爲了試圖要給自己尋找一個定位、一處固定的所在。可是定位如不可尋而且不必尋呢？一切可不可以像這回，矇矓的醒來，認出睡在自家的床上，然甜美的回想起居住丁凱瑞家的房間、床，然後連帶著在山上美好的一切。

（啊，那金色冬陽下一樹黃色斑斕的秋葉，華光萬般，曾遙對著呼喚過妳的名字：

方華。）

能在如此短時間內即瞬間位移，在間隔高山與平地的不同兩地之間，只消幾個小時後，自己的身體感官經驗，甚至睡眠與眠夢，即處置於不同的空間。

第一次，竟有著美好的變化感覺。

只要不強求固定點的定位與安全，那飄移原可以快速神奇而美麗。

是不是那草藥，那藥開啟了平行位移的飄搖之樂?!

而終至於，終至於，不再害怕了。

不再害怕了。

如果一切俱可飄移，那麼，苦還有何處可佇留停滯呢？

（終於瞭解，那草藥便是會帶著痛與苦，橫向的向外飄移、飄移、飄移……而終至不見。）

方華與丁凱瑞之一

那被稱作跨時代舉世聞名的劇作家，在他的浪漫愛情劇裏，常愛寫到小仙、精靈。

而不管是迫克、愛麗兒、豆花、芥子這些小仙、精靈，通常不見強調性別，可男可女，或者什麼都不是，就是小仙、精靈。

那精靈可是一個靈體，暫時停駐在男人／女人的身體。

或者說方華與丁凱瑞以及其他像她們這樣的人，可也是一種精靈，暫時停駐在女人的身體。

（她們終歸要離去。）

而在那東方的佛教敘述裏，也一直有著「觀世音菩薩」這樣女身可是不被確認爲只是女性神祇，事實上「觀世音菩薩」超越了男／女身。

林雲淵不知爲何的總覺得，在那佛家講的輪迴故事裏，一逕將女子比喻爲不如男子，女子得受生產血褥之苦，尚未潔淨，得較男子多修行五百年方能不再入輪迴。

然女子如方華與丁凱瑞，她們雖同樣生作女子的軀體，卻不爲男子來此進駐，此生也不爲懷孕生產，她們還會有若另類的男子，安慰撫平了另一些女子的心。

如方華與丁凱瑞，她們是否在佛家的輪迴裏，可以少五百年即能不入輪迴，更早能修成正果？

還是，是不是也有這種可能，女子如方華與丁凱瑞，得多修行五百年，才能轉換成爲女身？

終曲

林雲淵

林雲淵在她位處首善之都信義計劃區「振宇華廈」的自家客廳，斜斜望過去，那新近落成的「台北一〇一」大樓原疏疏落落的燈光，因著聖誕與新年的臨近增添，整棟高樓燈全亮起了後，像憑空矗立著一隻超巨大燈管，神奇炫麗。

是爲聖誕節與新年開的酒會，但表示不願湊熱鬧選在節日前，也爲著Herman從上海回來，洋公司的洋規矩，有不短的假期。

時序已進入冬天，位處亞熱帶地區的東方島嶼，節慶的氣氛仍四處可見。

派對正進行到最高潮，一屋子滿滿的人，該喝的酒差不多已下肚，儘管來作外燴的女侍銀質的托盤裏仍捧出一杯杯香檳、啤酒與紅、白酒。香檳的氣泡已消逝不見，燈下閃爍的原金黃色酒液，只剩淺淺的淡黃，光耀不再。

林雲淵從二十三樓落地窗往外望，暫時仍是「世界第一」高樓、大半年後仍未被超越的台北一〇一，也沾染上白色泡棉做成的白雪，包圍著重重壓克力鮮紅色的聖誕紅花瓣瓣絡裏，吐著黃色的花蕊花心。

不能不來到林雲淵心中的是，如若方華在此看見這裝飾在牆上的巨大聖誕紅，會不會又輕率的說：

根本就是女人的陰部。

林雲淵有若是朝自己輕輕的搖搖頭。

便是在一張張酒意酡紅的臉面上，習慣的在扮演好女主人的林雲淵，看到角落那一張落寞的小小臉上，雖然也現酒意，仍不見微略一絲春意。

是個二十來歲小小的女孩子，不知是誰帶來的朋友，許是帶她來的友人趕場去了，大半個晚上只見她獨坐在人群中望向窗外，愣怔著一臉淒然。

而必是害怕離去後的更加寂寞與孤單，只有仍留下來，至少有人群、至少有聲音。

無須多作解釋也知道她必然處在情傷中。那樣小小個子瘦小的女孩，不見她的世代的美健，有著一張清秀但不見特別美麗的臉龐，善良而稚弱，在這般弱肉強食的情場上，怎不會是心傷者。

一陣憐惜湧上林雲淵心頭，帶來心底仍在的抽痛。

方華。

接下來發生的或連林雲淵自己也要感到意外。許是那夜裏混喝的酒，許是節慶將臨的傷感，林雲淵或只是想上前擁抱住那小小女孩的小小身軀，貼貼臉頰，親吻一下額頭……一些溫暖與慰安。

然後，她發現她的唇落在那女孩的唇上。

女孩該是出於本能的抬起臉來承接，全然未曾抗拒甚且也不見慌亂（或許之後才要到來）。但於那片刻，女孩如許平靜如許安然甚且安寧的，承接了那如此突如其來的吻。

一當林雲淵的口唇落於女孩唇上，那全然無有抗拒的接納在電光石火的最短瞬間即被認知，一定是鼓勵了林雲淵下落的紅唇，她張開口唇，全然包覆的吻住女孩的雙唇。

那唇像她小小的身軀一樣的柔軟，而且柔弱，但一被吻住即雙唇微張，林雲淵探進口舌、滑入……

女孩沒有太大的回應，但那良善的被動激起林雲淵，極盡溫柔的，她以軟暖的內唇包住女孩的唇，舌尖進入輕輕的吸吮、微微的撩撥。

（她一向知曉自己如何善於親吻。）

女孩坐著的是一張高腳椅，林雲淵儘管穿三吋高跟鞋，仍只須俯下身低下頭來即搆著她的唇。林雲淵未曾如原想要的伸出手臂去擁抱她，女孩也沒有進一步身體的靠近或前傾。

結合她們在一起的，只有她們互相吻住的唇。

夢境一樣，是不是有著波動，還是一種搖移。窗外是不是下雨了，那台北的冬雨原就淅淅瀝瀝無盡，細、但密的雨簾成串的飄落，與高樓帶強的風纏綿，啊！是冬風糾纏著苦雨，還是苦雨戀著冬風——

飄移可見的，只有一陣陣經風推動斜打的雨絲、如波搖擺的雨簾。

卻是霎然間，雨霧飄移，重又顯露出那一〇一觸天高樓的燈影，設計成寶塔形樣的最高一截樓層光耀絕倫一如接引，一級一級的向上延展，流光閃變中無與倫比的肅穆與莊嚴。

而時間驟止，心中無盡的清明。無掛亦無礙、無無明、亦無無明盡……

仍有的是極輕、微略的暈眩。可是母親懷抱中安眠的輕搖，溫軟的還有香息。是女孩口中酒的苦味，是Magarita還是Singapore Sling……明顯的是檸檬，帶酸的檸檬嚐不到酸味，只剩下氣味，酸成爲馨香的氣息，氣息中卻又帶著苦感。

究竟是香息還是口感呢，如此糾纏！

她一定吻了她許久（或許只在刹那），俟她醒覺，不用環顧四周也知道在場的所有人注視的目光。

林雲淵滑出女孩仍不見著力的口唇，站直起身子，看到眼前如此煥發的一張美麗容顏。

那女孩的頭仍微仰，維持剛被吻的姿勢，眼眸中星月爭輝眞的如夢似幻，被吻開的唇不變的微啓，適才的哀傷與落寞不見，恍惚的神情中有著一種美絕的憧憬，以及：

幸福。

（原來一切可以如此簡單，如此輕易，無須糾纏的情絲，難除的罪惡感，求不得的苦、恐懼、焦燥、不安、疑慮……

原來一切可以如此簡單，如此輕易。）

盈眶的熱淚來到林雲淵眼中，模糊了眼前這光耀絕倫的臉面，然無須看見，她都知曉那等待的唇在那。

永生永世的盟誓，即便只在這片時片刻。

林雲淵重俯下身來，這回，深深的、重重的吻住了那眞正有所期待的雙唇。

幸福。

是的，幸福。

而且可以如此簡單。

附錄

我小說中的女性

如同標題顯示，我要談的是我寫過一些與女性相關的作品，因爲是以小說的方式表現，其實呈現的是一盤五光十色的迷彩，在深淵與迷宮中穿梭。只要不先心存排斥與偏見，我相信，從中會看到一座女性心靈的歧路花園。而這說不定還是女性深心裏的慾求，只是在過往男性爲主的文化裏，被壓抑沒有機會顯現吧！

1

寫了三十幾年的小說，特別是到最近，年歲已長，對不少事情有了更「完整」的看法，也有了自己較清楚的觀點。

雖寫得慢，三十幾年來也累積一些作品，好壞是另一回事，從中卻也不難找到我小說中的一個中心主軸：女性。

一開始，我實在是一點性別概念都沒有。初高中主要都在讀存在主義，很有趣的是，當時的所謂自我的追尋、自我的肯定，居然都超越身爲女性的主體意識，而以作爲一個「人」爲基礎來探討。

但性別也許是個不可逃避的宿命。即便在我常以「他」來作通稱的第一部小說集裏，仍清楚看到〈花季〉與〈有曲線的娃娃〉，這樣與女性息息相關的小說。

〈花季〉還是我第一篇發表的作品，那年我只有十六歲。寫〈有曲線的娃娃〉時，我也才高二，十八歲。

到台北來讀大學，「存在主義」的魔咒解禁，我開始以女性參與的社會關懷議題，來寫小說。但以現今觀點、這個時期的「回顧」，相關的仍是基本的女性問題：女同性戀。

我雖是個有相當自覺的作家，但在這個階段裏，我仍沒有十足對女性議題的「認同」。要直到寫《殺夫》，才相當自覺的要處理女性的困境：在經濟全然無從獨立下，女人的命運可以如此悲慘。

但另一方面，我當時又要強調《殺夫》是處理「人」、「人性」的問題。

而「困境」果真就跟著在現實生活裏出現，那是因《殺夫》引來的大量非議與謾罵。我的讀者寄來衛生棉、內褲等來羞辱我，涉及人身攻擊的文章出現，當然更可笑的，《自立晚報》的社論指我是誨淫誨盜，藉小說污染敗壞社會人心，好有利於共匪來佔據台灣。據說這是華文報紙第一次以社論來罵一篇小說。（等於扣我「黃帽子」又扣我「紅帽子」！）

我任教的「文化大學」，有老師指責我不足為人師表，讓我差點失去教職。更可怕的是，人們異樣的眼光與背後的竊竊私語，還不用講來自我家中的壓力。

人們很容易認為，我會寫這樣的小說，私生活也一定很隨便，而可以對我為所欲為，可以藉此以性來羞辱我。

許多年過去，當台灣社會走向開放，甚至是無政府式的紛亂，有人輕鬆的說，《殺夫》根本沒有寫到什麼，當年居然還會引發爭議。更有人指我是故意寫這類題材，好從中謀取名利，是一種手段與策略。

我也只有苦笑。願這些人也試試我當年面對的，再來說是不是「手段與策略」。

2

當時能承受如此壓力，與我對文學的信念有關。我閱讀過不少世界性的文學作品，當然清楚自己在做什麼。另外，我相信與我不服輸的個性也一定有必然的關係。

我更得感謝我的父母親，讓我在經濟上沒有太大的後顧之憂，無須光靠「台灣文壇」賞一口飯吃，給了我能背水一戰的位置。

二十幾年後重新回顧，我發現自己能有這樣的抗壓力，不少來自我的獨立自主。

（看！女性的獨立自主有多重要。）

我成爲「最受爭議的作家」，開始能深刻的瞭解到，易卜生寫了《傀儡家庭》，飽受攻擊後，何以繼續寫《群鬼》，寓言一個更大的悲劇。

不曾像有的女作家就此封筆、或改寫當時人們希望看到「女作家」的作品，我反倒寫了《暗夜》，一個眞是「滿口仁義道德，一肚男盜女娼」的人寰。當時心中一定也痛恨這樣虛假的社會吧！

接下來卻又寫了《一封未寄的情書》，現在看起來，有點馬戲團走鋼索的姿態，帶炫耀的說：

「看，我也會寫這樣的小說！」

然而即便是軟調的情書，當中仍不可避免的包含社會議題。這部小說卻也是我最後一次溫柔的表態，因爲接下來我便要投入更大規模的歷史與家族的寫作：《迷園》。

套一句政治人物的語言：「說一百次也沒有人相信」——我寫《迷園》不是只爲後來廣遭討論的「國族」論述，而是爲了一個更大的中心主題：Decadency，父親與女兒的傾頹，各用了一種華麗至極的方式，達到一種敗亡，但卻又引帶出另一種局面。

我藉此要說的是我小說中的另一個主軸：黑暗、或我自稱的殘酷，以及，從中顯現的美感，這美感簡單的來講，來自創作，它可能異色、可能陰森、可能鬼魅……

……

有個作家朋友宋澤萊，寫過一篇小說〈黑暗的打牛湳〉，我因此叫他「黑暗的宋澤萊」，所以他也曾戲稱我為「黑暗的李昂」。

這麼多年後，我的確感受到這「黑暗」的存在，也有意要朝這個方向來看看究竟可以「黑暗」到什麼地步。

沒錯，從一開始的〈花季〉與〈有曲線的娃娃〉裏的恐懼、不安與迷惑，〈回顧〉裏的懷疑，《殺夫》裏的血腥，《暗夜》裏的敗德，《迷園》裏的傾頽。雖然這些挫敗與焦慮，最後也可能導致一種浴血後的重新自我肯定——也許用的是一種十分「女性」的方式，也許成就的也並非世俗意義上的美滿。

但整體來說，我的確不像其他女作家，抒情、象徵而美麗。我的確是個「黑暗」的作家。

可是為什麼呢？是女性百千年來被壓制的命運，果眞有這樣的一頁篇章，只是過往我們無從發聲？

還是，僅只是我個人的原因？

我生長在一個幸福的家庭，衣食無缺，也懂得讓自己的日子過得快樂，在文壇被謾罵之餘，在電視及其他方面尋求新的出路。我也眞的覺得我的人生相當美滿，可是，爲什麼我的小說如此「黑暗」？

我可以瞭解我早年沉浸的「存在主義」和「心理分析」，孤絕的自我挖掘挖到底層的黑暗。台灣這五十年來，從早期的「白色恐怖」到最近的紛亂，也實在黑暗。但除此外，一定還有原因讓我的小說如此「黑暗」。

老實說，即便到最近，寫了大半輩子的小說，要我解釋爲什麼，我的回答仍是：

不知道。

而黑暗在當時顯然還要繼續下去，並會愈來顏色愈深。一九九〇年，我開始準備以台灣共產黨創始者之一的謝雪紅，作爲一個角色來串聯小說。隨著台灣的解嚴，我預見了更自由的寫作空間，也有意要在寫作的題材：性與政治，這兩大華文文學最大的禁忌，能達到更大的突破。

但由於觸及到少能有借鏡的政治議題，只有中途稍作停頓。

如此我轉而寫《北港香爐人人插》系列小說。《香爐》引起的問題，是我整個創作生涯中面臨到最大的一次壓力，因著與政治相關，與《殺夫》不盡相同，值得另立篇章討論。

然在《北港香爐人人插》的最終一篇，壓軸的〈彩妝血祭〉裏，雖然只要是涉及「二二八事件」，要不黑暗也困難，然當中的螢螢微光，也預見了一絲救贖。

二〇〇〇年如願的完成小說《自傳の小說》與《漂流之旅》遊記，近四十萬字，是我完成的作品中最複雜的。像〈梵塔那尼〉片段，是整部小說中十分詭異的部份，可說喻言一個有能力的女性的自我完成。

3

我自問：我何時、果眞開始發現自己寫的小說「黑暗」？

我回想，過去面對各式的謾罵與侮辱，我得集中精力隨時備戰，而且其時的台灣社會充滿謊言與遮掩，我可以理直氣壯的說：我只是更有勇氣面對現實，而現實本來就未必光明。

可是隨著台灣社會的開放，甚至到達無政府式的紛亂，我不再得面對謾罵與侮辱，失去了對抗的對象，我開始眞正能較持平的來看我的小說。

而的確，沒錯，我的小說是黑暗。

讓我有這樣清楚的認知，觸發點無疑的與我最近接觸到的兩個女性導演有關。

二〇〇三年的「女性影展」，請來兩位相當不同的女導演：賀瑪・桑德斯—布拉姆斯（Helma Sanders-Brahms）與莎莉・波特（Sally Potter）。

賀瑪，這位了不起的德國女導演，帶來了像《德國，蒼白的母親》（*Germany, Pale mother*, 1980）與《無情社會》（*No Mercy No Future*, 1981）這樣的電影。就涉及的國族、宗教、性、社會議題，深刻的面對戰爭、人性，而且，最重要的以如此「黑暗」、又如此女性的手法來表現——

老實說，我極度震驚。

（除了作品外，我想這震驚的強度還來自與賀瑪面對面的接觸。賀瑪當然也曾在德國受到爭議，直到較晚近才贏得殊榮並被承認。）

我一定是至此方找到我的「同路人」，也才放開心胸能大聲說：

黑暗有理！

我在寫的一篇關於賀瑪的文章有以下說法：

> 似乎爲著反抗過往受宰制的悲慘命運，她們的憤怒與控訴，使有些女人處理起問題時，有迥異於男人的直接與力道，在性與暴力方面，尤見眞章，甚且有時候被認爲較男人『大膽』。

這樣的特色，在晚近的許多西方女導演身上，其實清楚可見。可是，我說的會也是我自己嗎？這樣的「黑暗」，會來自女性被宰制、被壓迫的集體潛意識，以至為我們所共有嗎？

我恍若找到了另種原由與解釋。的確，在我作為一個「最受爭議的作家」，在過去漫長的二十幾年中，為了要反抗加諸於我身上不公允的對待，一定也使我用了一種更絕決的姿態來背水一戰，而從中，一定影響到我的小說寫作。

沒錯，同一個影展，將賀瑪．桑德斯－布拉姆斯，與莎莉．波特的作品放在一起，許多問題便清楚可見。即便是莎莉．波特的享譽國際作品《美麗佳人歐蘭朵》（*Orlando*），都可見兩個女導演輕重不同的質感，她們也得到各自的評價。

我當然知道我不像莎莉．波特這類女性藝術工作者，會以較抽離的、詩化的、形而上的方式，來探討女性的種種問題，她們的細膩與視野，同樣呈現另一種美感。

可是我，以及一些女性藝術工作者，如果是那女性群中的「黑羊」，那麼就做黑羊吧！我一向有這樣的信心，賀瑪更是讓我看到一種女性方式偉大的可能性，值得我繼續努力。

我寫的雖然不乏一些與女性相關的「黑暗」作品，因爲是以小說的方式表現，其實呈現的是一盤五光十色的迷彩，在深淵與迷宮中穿梭，只要不先心存排斥與偏見，我相信，從中會看到一座女性心靈的歧路花園，而這說不定還是女性深心裏的慾求，只是在過往男性爲主的文化裏，被壓抑沒有機會顯現吧！

有趣的是，在我二〇〇四年新近出版的《看得見的鬼》，小說中五隻女鬼，卻愈來愈不黑暗。

（是因爲我不再面臨「爭議」，無須抗爭？還是別有原因？）

我其實也樂於見到，下次再談自己的作品中的女性，會成爲：

「不黑暗的李昂」筆下的女性。

而像《花間迷情》這樣的作品，又是否預見了一個怎樣的李昂呢？

李昂寫作年表

二〇〇五年　三月出版《花間迷情》。

二〇〇四年　發表飲食小說《果子狸與穿山甲》、《愛》。

　　　　　獲法國文化部頒最高等級「藝術文學騎士勳章」。

　　　　　二月出版小說集《看得見的鬼》（聯合文學出版社）

二〇〇二年　出版散文集《愛吃鬼》（麥田出版社）。

二〇〇〇年　出版《自傳の小說》、《漂流之旅》和《禁色的暗夜》（皇冠出版社）。

一九九七年　出版《北港香爐人人插》（麥田出版社）。

一九九一年　報導文學〈鹿窟紀事〉獲中國時報「時報文學獎」首獎。

出版長篇小說《迷園》，現由麥田出版社出版。

一九九〇年　長篇《迷園》自八月十八日至一九九一年三月十一日連載於《中國時報》。

《殺夫》英文版的平裝本出版。

發表短篇小說〈南非書簡〉於《聯合文學》。

一九八九年　法國漢學家貝羅兒譯《殺夫》法文版，將於九二年秋出版。

一九八八年　《殺夫》在英國出版。

中篇小說《年華》自六月五日起連載於《中國時報》。

十一月，時報出版《年華》。

一九八七年　《殺夫》英文版在《紐約時報》、《洛杉磯時代》、《舊金山記事報》等大報皆有書評。

九月赴艾荷華參加「國際作家寫作協會」。

《殺夫》德文版在德出版。

赴德參加「法蘭克福書展」。

一九八六年　英文版《殺夫》（*The Butcher's Wife*）由葛浩文教授翻譯在美國由NorthPoint Press出版。
七月至德國參加「中國現代文學大同世界」會議。
開始長篇小說《迷園》寫作。專欄選集《走出暗夜》由前衛出版社出版、《一封未寄的情書》由洪範出版社出版。

一九八五年　五月《暗夜》完成，七月完成報導與專欄型式的〈外遇〉。
中篇小說《暗夜》自六月二十二日起至八月十三日止連載於《中國時報》。
一月，短篇小說集《花季》由洪範書店出版。
八月，中篇小說《暗夜》，及社會調查《外遇》由時報文化公司出版。

一九八四年　修改以留學生爲題材的中篇小說《歸鄉》，但仍未完成，開始蒐集資料寫另一中篇《暗夜》，這一年並完成〈一封未寄的情書〉、〈曾經有過〉、〈甜美生活〉、〈假面〉的情書系列。
發表論評〈電影與小說〉（《台灣文藝》八十八期）、〈我的創作觀〉（《文學界》十期）

以及小說〈一封未寄的情書〉（七月七日至九日《中國時報》）、〈貓咪與情人〉（九月二十八日《中國時報》）。
出版專欄《女性的意見》（時報文化公司）、小說集《她們的眼淚》（洪範書店）。並編選《愛與罪：大學校園內的性與愛》（前衛出版社）和《鏡與燈》（中國文化大學出版社）。

一九八三年　《殺夫》得聯合報中篇小說獎首獎。
完成寓言小說〈三心二意的人〉。
發表散文〈印度記行〉（《台灣文藝》八十期），論評〈婦女與劇場〉（《台灣文藝八十一期》）。
十一月，中篇小說《殺夫》由聯經出版公司出版。

一九八二年　以未完成舊作〈婦人殺夫〉為題材，繼續寫作一個中篇小說〈殺夫〉。寫一系列寓言小說〈移情〉、〈水仙花症〉、〈三寸靈魂〉。

發表小說〈水仙花症〉於《文學界》三期。

短篇小說集《愛情試驗》由洪範書店出版。

一九八一年　完成〈轉折〉、〈誤解〉。

〈別可憐我，請教育我〉獲「時報報導文學」首獎。

寫中篇〈歸鄉〉。

發表小說〈殘障〉於四月二十四日《聯合報》。

一九八〇年　完成〈生活試驗：愛情〉、〈新舊〉、〈緣情〉。

發表散文〈若晨之曦〉（一月十一日《聯合報》）、〈緣情〉（十月七日《聯合報》）及劇評〈寫實與象徵——談《大禹治秦》〉（二月十日《聯合報》），小說〈新舊〉（四月二十五日《聯合報》）。

一九七九年　完成〈她們的眼淚〉（八月十八至二十五日《聯合報》）、〈最後一場婚禮〉（三月十六、七日《聯合報》）。

一九七八年　四月，主編《六十七年短篇小說選》，由爾雅出版社出版。
完成作品〈域外的域外〉、〈蘇菲亞小姐的故事之一〉、〈愛情試驗〉，開始寫〈婦人殺夫〉。
六月自紐約回國。
九月開始任教文化大學戲劇系。
發表小說〈蘇菲亞小姐的故事之二〉（一月二十日）。

一九七七年　冬天，拿到奧勒岡州立大學戲劇碩士學位。
發表小說〈雪霽〉（二月四至六日）、〈蘇菲亞小姐的故事之一〉（十一月十七日）於《聯合報》。
短篇小說集《人間世》由大漢出版社出版。
一九七六年　四月，《群像——中國當代藝術家訪問》由大漢出版社出版。
一九七五年　三月，到加拿大溫哥華，開始寫〈雪霽〉。

九月，到美國奧勒岡，就讀奧勒岡州立大學戲劇系。

十二月，小說集《混聲合唱》改由中華文藝社出版。

一九七四年　小說〈人間世〉發表於五月五日《中國時報》。

一九七三年　開始寫系列「鹿城故事」與「人間世」小說，到七四年共寫成「鹿城故事」九篇：〈辭鄉〉、〈西蓮〉、〈水麗〉、〈初戀〉（《現代文學》五十期）、〈舞展〉（《現代文學》五十期）、〈假期〉、〈蔡官〉、〈色陽〉、〈歸途〉。及「人間世」系列四篇：〈人間世〉、〈昨夜〉、〈莫春〉、〈訊息〉。

一九七二年　作品〈逐月〉、〈長跑者〉（《現代文學》第四十七期）發表。上述作品一九七五年結集爲《混聲合唱》由華欣文化事業出版。現改名「花季」由洪範出版社出版。

一九七一年　作品〈關睢〉、〈橋〉發表。

一九七〇年　考上文化大學哲學系，由鹿港來台北唸書。

發表小說〈有曲線的娃娃〉（《文學季刊》十期）、〈海之旅〉（《現代文學》四十一期）。

一九六九年　發表小說〈混聲合唱〉（《文學季刊》九期）、〈零點的回顧〉（《現代文學》三十九期）。

國家圖書館出版品預行編目資料

花間迷情／李昂著.-- 初版-- 臺北市：
大塊文化，2005 [民 94]
面：　　公分.--(To : 31)
ISBN　986-7291-22-0 (平裝)

857.7　　　　　　94002726

LOCUS

LOCUS

LOCUS

LOCUS